피난처 아둘람

피난처 아둘람

초판 1쇄 인쇄 2011년 09월 05일
초판 1쇄 발행 2011년 09월 10일

지은이 | 이승민
펴낸이 | 손형국
펴낸곳 | (주)에세이퍼블리싱
출판등록 | 2004. 12. 1(제315-2008-022호)
주소 | 157-857 서울특별시 강서구 방화3동 316-3번지 한국계량계측협동조합 102호
홈페이지 | www.book.co.kr
전화번호 | (02)3159-9638~40
팩스 | (02)3159-9637

ISBN 978-89-6023-669-1 03810

피난처 아 둘람

이승민 저

하나님을 영접함으로써 절망에
서 벗어나 희망의 메시지를 전
하는 현직 목사의 신앙 간증!

ESSAY

아둘람

　'아둘람'은 피난처라는 의미로 다윗이 사울 왕을 피해 가드의 아기스에게 갔다가 두려움에 사로잡혀 이곳의 동굴에 숨어들었는데 피해 다니는 사람의 은신처로 적합한 곳이었다.(삼상22장1절)

　오늘날 하나님의 교회가 곧 '아둘람' 같은 피신처의 역할을 감당해야 함에도 그 역할을 감당하지 못하므로 많은 사람이 갈 곳이 없어 헤매게 된다.

　인생의 문제를 안고 하나님 앞에 나가야 할 때 문제를 풀 곳이 없어 점을 보러 가게 되는 것은 슬픈 일이 아닐 수 없다.

　점성술도, 손금도, 당사주도, 토정비결도, 사주팔자도 아무 소용이 없다.

　인간의 생사화복을 주관하시는 분은 하나님이시다.

　인생의 모든 일은 오직 하나님의 주관에 있다.

욥이 고백하기를, '내가 모태에서 적신이 나왔사온즉, 또한 적신이 그리로 돌아가올찌라. 주신 자도 여호와시오 취하신 자도 여호와시오니 여호와의 이름이 찬송을 받으실찌니이다.(욥기1장21절)' 하였으며 '너는 하나님과 화목하고 평안하라. 그리하면 복이 네게 임하리라.(욥기22장21절)' '나 같으면 하나님께 구하고 내 일을 하나님께 의탁하리라.(욥기5장8절)' 하였다.

인생의 주관자이신 하나님 앞으로 나아가 하나님께 묻는 것이 확실한 해답을 얻는 길일 것이다.

이 책을 통해 모든 사람이 낙심한 자리에서, 실패의 자리에서, 죽음의 자리에서 절망하는 분들이 힘을 얻기를 간절히 바라는 마음으로 부족한 글로 전해본다.

말의 권세

말에 실수가 없으면 온전한 자라고 하였는데 예수 믿기 전 나는 아무 유익도 없는 농담을 잘했다. 그리고 그것을 아무런 생각 없이 거듭해 왔는데 사역을 하면서도 부지불식간에 그런 농담이 튀어나왔다. 아주 습관적이 되어 나 자신까지도 별 의미 없이 생각하고 있었는데 하나님의 경건하고 거룩한 말씀이 나의 그런 오래된 말의 습관 때문에 말씀이 능력이 되어 나타나지 못함을 느끼게 된 날이 있었다.

그 첫 번째가 어느 목사님의 말씀이었는데 그날도 목사님과 나는 마주 보고 이야기를 나누는 중이었다. 목사님이 말씀하시기를 "가슴속에는 하나님이 주신 엄청난 능력이 있는데 입으로 나올 때는 아주 작아져 나오는 것이 영의 눈에 보인다."는 것이었다. 그래도 나는 여전히 깨닫지 못했다.

그리고 두 번째 계기는 어떤 간절한 소원이 있어 3개월을 작정 기도할 때였다. 3개월의 마지막 기도시간이었던 새벽기도 시간이었는데 기도의 응답으로 하나님이 음성을 주셨다.

"네 입에 말의 능력을 주었으니 누추한 말이나 희롱의 말을 삼가라. 그리고 만나는 사람들마다 그들을 위해 축복의 기도를 해 주어라."

그날 나는 하나님 앞에서 깨졌다. 말에 대한 경건성이 나는 너무도 부족했던 것이다. 하나님을 찬양하고, 하나님의 거룩한 말씀을 담고 전해야 하는 입술이 누추한 농담과 부정적인 말, 희롱의 말을 늘 하고 있으니 내 입술을 통해서 어떻게 말씀의 능력이 나타날 것인가.

이후로 나는 부정적인 말과 누추한 농담을 많이 줄여나갔고 현저히 나아짐을 나 자신도 느끼게 되었다. 입술의 열매대로 살아가는 그리스도인으로서 참으로 부끄러운 일이었던 것을 뼈저리게 느꼈다.

아직도 나는 하나님 앞에서 날마다 기도드린다.

"하나님, 나의 입술을 사용하시되 하나님의 능력의 말씀만 전하게 하시고, 내 입술이 늘 찬양하고 덕을 세우며 축복의 말을 하게 하시고, 누추한 말, 부정적인 말을 하지 않게 하소서."

성령께 의지하여 오직 기도드릴 뿐이다.

— **엡5:4** 누추함과 어리석은 말이나 희롱의 말이 마땅치 아니하니 돌이켜 감사하는 말을 하라.

— **골4:6** 너희 말을 항상 은혜 가운데서 소금으로 고르게 함같이 하라.

강권적인 성령의 회개

　이전에 시어머니로부터 당한 학대와 고통이 너무 커서 어느 날부터인가 내 몸에는 화병이 생겼고 밤에 자다가도 숨을 제대로 쉴 수 없어 헉헉대며 깨어나기를 몇 번씩.

　그날도 밤 2시경에 가슴이 답답하고 숨이 막혀 눈을 떴다. 숨을 제대로 쉴 수 없는 고통과, 잠재돼 있던 시어머니에 대한 타오르는 적개심에 괴로워하다가 주일날 받았던 하나님의 말씀이 생각나 기도를 하려고 자세를 고쳐 앉았다.

　이제 교회 나간 지 몇 개월 밖에 되지 않는 초신자로서 기도의 순서도 모르고 무슨 말을 어떻게 해야 할지 망설이다가 "하나님 원수를 사랑하라 하시지만 저는 시어머니를 사랑할 수도 없고 도저히 용서도 안 됩니다. 사람으로서는 할 수 없으니 용서를 하게 하시든지 말든지 하나님 맘대로 하십시오." 하고는 다시 누워 자려고 몸을 눕히려는 순간, 맞은 편 벽에 은은한 푸른 불빛이 사람의 동공같이 두 개가 나타나 보였다. 그 불빛을 보는 순간 가슴 밑에서부터 회개가 터져 올라오며 걷잡을 수 없이 눈물이 쏟아졌다.

내 속에 어떻게 그렇게 많은 눈물이 숨어 있었는지 통곡을 하고 또 통곡을 했다. 그리고 용서할 수 없을 만큼 악했던 시어머니에 대한 미움이 변하여 사랑의 마음이 샘솟기 시작하는 것이었다.

며느리가 밥 먹는 것이 아까워 굶기를 밥 먹이듯 했던 시어머니. 만취되어 옷에 대소변을 묻힌 채로 며느리 가슴 위에 걸터앉아 폭력을 행사하던 시어머니, 한날도 방에서 못 자도록 한겨울에도 밖으로 내쫓던 시어머니였다. 아이와 나는 신발도 찾아 신지 못하고 맨발로 쫓겨나가 밤새도록 바람 부는 골목에서 덜덜 떨며 밤을 새웠었다. 때로는 부엌칼을 들고 방으로 들어와 찔러 죽이겠다고 날뛰던 시어머니였다.

누가 봐도 나는 피해자였고 시어머니는 악하고 악한 분이었는데, 성령이 강권적으로 회개를 시킬 때 나는 나 자신의 의지와는 달리 "하나님 내가 죄인입니다. 내가 모두 잘못했습니다. 용서해 주세요." 하며 눈물을 쏟고 있었다. 그리고 그 순간 시어머니가 칼을 들고 나를 죽이려고 오는 모습이 환상처럼 열리면서 시어머니 손에 들려 있는 칼까지도 사랑스러워지는 그런 마음이 되는 것이 아닌가. 시어머니를 포옹하고 싶도록 사랑하는 마음이 샘솟는 것이 나 자신이 혹시 미쳐가고 있는 것은 아닌가 하는 생각조차 들었다.

얼마나 통곡을 했는지 잠자던 큰딸이 일어나더니 "엄마! 엄마!" 하며 운다. 아이가 볼 때 아픈 엄마가 밤중에 목 놓아 우니, '이제 우리 엄마가 병들고 배고파서 미쳤구나.' 싶기도 하고, 어린 동생하고 앞으로 어떻게 살까 걱정이 되었던 것이다.

아이가 놀라서 나를 붙들고 울고 있는데 또 거기다 엄마라는 사람이 손가락으로 컴컴한 벽을 가리키며 "불! 불!" 하고 외치니 아이 눈에 불은 보이지 않고 아이는 더 놀라서 큰 소리로 울었다.

그렇게 두 시간여를 울며 방바닥에 두둑두둑 눈물을 떨어뜨리다가 불현듯 새벽기도를 가야겠다는 생각이 들었다. 울면서 밤길을 걸어 산 밑에 자리 잡은, 평소에는 무서워서 가지도 못했던 교회를 가서 불도 켜지 못하고 어두운 교회 바닥에 털썩 주저앉아 한없이 울었다.

한참 울고 있는데 사택에서 주무시던 목사님이 울음소리에 놀라 깨어 교회로 달려오셨다.

"우리 성도님 혼자 사시는데 동네 사람이 억울하게 했습니까? 아니면 무슨 일이 있습니까? 하나님, 불쌍히 여겨 주십시오."

목사님이 곁에서 중보를 해 주셨다. 그 순간 저 가슴 밑 깊은 곳에서부터 불꽃놀이를 할 때처럼 불덩이가 장작 타는 소리같이 타닥타닥 터지며 가슴 위쪽으로 올라오면서 불꽃 파편처럼 번지는 것이었다. 이루 형언할 수 없는 기쁨의 덩어리가 온몸을 휘감았다.

하나님이 주신 기쁨과 평강을 체험한 그날 이후로 시어머니에 대한 미움은 그림자도 없이 사라져 버렸고 오랫동안 앓던 화병도 사라졌으며 시어머니를 생각할 때마다 도리어 측은한 생각이 들었다.

미움이 병이 되어 상해가고 있는 나를 더 두고 볼 수 없어 성령께서 강제적으로 개입하시고 병든 내 심령을 치료시켜주신 것이다. 최초의 성령체험이었다.

목 차

Part 1 내 인생 나의 삶

Part 2 네 말이 내게 들린 대로

Part 1

내 인생, 나의 삶

PART 1
내 인생 나의 삶

1. 내 인생 나의 삶

1950년 6월 30일, 경남 사천에서 나는 태어났다. 6·25 전쟁이 터진 지 5일 후에 태어난 셈이다. 전쟁이 터지고 무덥기가 말할 수 없었던 한여름, 모내기가 한창이었을 때 어머니의 생일날 아침에 태어났다고 했다.

그래서 어머니와 생일이 같아 늘 어머니는 나에게 말씀하셨다.

"다른 것은 닮아도 복은 닮지 마라."

한평생을 편하게 살아보신 적이 없는 어머니, 당신의 박복함을 혹시라도 딸이 닮을까봐 그렇게 말씀하셨던 것이다.

그렇게 나는 어머니 생일날 태어나서 두 이레도 채 지나지 않아서 엄마 품에 안겨 피난길에 나섰는데 낮에는 풀숲에서 긁히고 찔리며 숨어 있다가 어두워지면 어둠을 틈타 걸어야 하는 그런 상황 속에서 나는 사람의 꼴이 아니었다고 한다.

어린애를 낳은 지 얼마 지나지 않은 산모가 갓 낳은 아기를 안고 피난 가는 것을 보는 주위 사람들은 "어른이 살고 봐야지, 그 어린 것을 안고 어떻게 걸어가느냐." "진물이 흘러서 사람 꼴 같지도 않은 것 내버리라."고 했으나 함께 피난길에 나섰던 외삼촌이 나를 안고 피난길을 걸었다.

그렇게 피난 가서 정착한 곳이 마산이었다.

5살 때, 집안에서 제일 맏이인 큰언니 손에 이끌려 구세군 교회에 다니게 되었다. 언니가 왜 다섯이나 되는 동생 중 유독 내 손을 잡고 교회를 다녔는지 모르지만 그것이 내가 하나님 앞에 나아간 첫걸음이었다.

그러나 교회 나가는 걸 알게 된 아버지가 다리를 부러뜨리겠다고 엄포를 놓고 몽둥이를 들고 기다리는 통에 숨어서 다니다가 어느새 서서히 교회와 멀어지게 되고 교회 다녔던 사실조차 잊어갔다.

초등학교 5학년 때까지는 집안도 부유했고 부족함 없이 살았다. 집에서도 귀여움을 받았지만 학교에서도 선생님들의 사랑을 특별히 많이 받았던 것 같다.

또 12살 차이나는 큰 언니가 아침이면 미장원에 데려가 고데를 예쁘게 해서 머리손질을 해 주었고 양재 기술이 있던 언니의 손으로 직접 옷을 만들어 입혀줘 누구보다 호강하며 살았다.

부잣집 딸에나 여러 방면으로 뛰어난 성적을 보임으로 학생들에게도 인기가 있었지만 정작 나는 뛰어난 학생보다 반에서도 공부를 제일 못하는 아이나 코를 질질 흘리는 무시당하는 그런 아이가 좋았다. 어릴 때부터 소외당하는 계층이 더 좋았던 걸 보면 지금의 목회 사역을 예견했었나 보다.

또 어머니나 언니가 고운 한복을 자주 입혀줘 어릴 때부터 춘향이라는 별명으로 불렸고, 이웃 사람들이 안고 데려가려고 해서 어린 마음에 늘 두려워하며 새벽에 일어나 남의 집 대문 옆에 숨어있기도 했다.

그러다 9살 때 큰 부상을 입게 되었는데 오른쪽 발목이 거의 다 잘리는 중상을 당했고 4개월 만에 기적적으로 치유가 되어 절지 않게 되었다.

다른 어떠한 것보다 이 일을 하나님께 감사하고 있는데 의료시설이 거의 없던 시절에 어떻게 말끔히 낫게 되었는지 감사할 뿐이다.

그러나 6학년 때부터 가세가 급격히 기울기 시작해서 중학교를 갈 무렵에는 밥을 제대로 먹을 수 없는 지경에까지 이르렀다. 천이백 명 되는 학생 중에 유일하게 교복 없이 학교를 다녔고, 책도 공책도 연필도 없이 등교를 하다 보니 시간마다 선생님들로부터 대나무 자로 손바닥을 맞아 하교 시에는 손바닥이 벌겋게 부어올라 집으로 돌아가는 날이 많았다.

중학교 때 특별하게 기억나는 아이가 있었는데 김인숙이라는 여학생으로, 점심을 싸오지 않는 나를 눈여겨보고 아무도 등교하지 않은 시간에 학교에 먼저 와서 다른 친구들 모르게 도시락 하나를 내 책상 속에 넣어 두곤 했었다. 뚜껑을 열면 더 눌러 담을 수 없을 정도로 꾹꾹 눌러 담은 밥에 한쪽에는 어묵을 벌겋게 볶아서 반찬을 담아놓았다. 그 밥을 먹으면서 집에서 굶고 있을 가족을 생각하며 마음 아팠던 기억이 있다.

결국은 공납금을 내지 못해 장기결석을 하기에 이르렀고, 선생님들의 도움으로 다시 학교를 나가게 되었지만 또 다시 공납금이 밀리게 되자, 어린 마음에 창피해서 자퇴하다시피 학교를 그만두게 되었다. 입학할 때는 일부 면제받는 장학생으로 들어갔지만 책도 없고 공책도 없는 상태에서 공부가 될 리 없었던 터라 성적도 점점 떨어지게 되었다.

이후로 구세군 고등공민학교와 검정고시까지 여러 가지로 공부를 했고 19살 때는 라사라 양재학원의 통신 과정을 조금 하다가 20년의 역사가 있는 중앙 양재학원을 졸업하게 되었고 이때 배운 바느질 기술로 나중에 생업을 삼기도 했다.

이후로 디자이너의 꿈, 만화가의 꿈, 소설가의 꿈 등을 가지고 노력했지만 아무것도 제대로 되지 않았다.

그중 양재학원에서 열렸던 노래자랑에서 인정을 받아 방송국의 어떤 분이 가수로서 취입을 해 볼 생각이 없느냐며 학원으로 찾아도 왔지만 묘하게도 그 시기에 갑상선에 급격한 이상이 생겨 목소리 자체가 걸걸하니 낮은 음으로 달라져 버렸고 숨이 가빠서 대화도 힘들 정도로 음성이 상해 버렸다.

그 시절, 아무것도 제대로 할 수 없는 상태에서 병원을 다니며 살아가는 삶이 너무 힘들었다. 거기다 의처증이 심했던 아버지는 평생을 술로 사셨고 술이 취하면 어머니나 나를 때렸다. 그런 아버지를 피해 지구 끝이라도 도망가고 싶은 마음이 늘 있었지만 제대로 갈 곳도 없었다.

어릴 때 나를 잠시 키웠던 고모 집으로 가 살기도 하다가 결국 도망치듯 시고모의 소개로 시집을 갔다. 그러나 이 길은 완선히 내 인생을 망치는 길이었다.

시집간 며칠 후부터 시어머니와 남편의 주사와 폭행, 그리고 귀신이 들려 떠돌아다니는 남편의 방랑벽으로 인해 결혼생활이 유지되지 못했고 평생에 걸쳐 도합 2년 정도 산 것이 결혼생활의 전부라고 할 수 있겠다.

큰아이가 생기기 전 1년 정도, 그리고 다시 집을 나가서 일 년여 만에 돌아와서 며칠 집에 머무르다가 다시 집나가기를 반복했다. 한번 집을 떠나면 몇 년씩 돌아오지 않는 때가 많았으니 함께 살았던 것은 잠시 잠깐뿐이었다.

이후 몇 년 만에 둘째 아이를 임신하게 되었지만 곧바로 또 집을 나갔고, 그 딸은 아버지 얼굴도 모른 채 유복자처럼 태어나고 자랐다. 그렇게 혼자서 갖은 고생을 하며 두 딸을 키우다가 병들어 눕게 되어 그때부터는 9살 된 큰딸이 모든 생계를 도맡는 실질적인 가장이 되었다.

큰딸이 초등학교에 입학한 얼마 뒤부터 아이에게 심장 판막증이 생겼고 나 역시 간에 병이 와 황달이 들어 죽을 정도가 되어 결국 시댁을 나오게 되었다. 아픈 아이와 내가 살길은 그 길 밖에 없다고 판단이 되었기 때문이다.

매일이다시피 부엌칼을 들고 위협하는 시어머니를 피해 돈 3만 원을 들고 무작정 통영으로 이사를 해왔다. 그러나 아무도 돌아보지 않는 우리의 삶은 그리 만만치 않았다. 방세가 없어 길에 나앉게 되어 길거리 인생이 된 것이 세 번, 인생의 온갖 고난을 다 체험하며 살아오다가 34살에 다시 예수님을 찾게 되고 이때 콩팥에 이상이 생겨 죽음의 고비에서 평생을 전도하겠다는 서원을 하여 기적적으로 살아나게 되었다.

그러다가 아이들을 위해 오래 전 집을 떠난 남편을 행방불명자로 신고하고 이후에 법적으로 이혼이 되었다. 2년 정도의 결혼생활을 청산하고 20년 만에 법적으로 정리가 된 것이다.

그리고 신학의 길이 열렸는데 이때부터 우리 생활에서 하나님의 살아계심이 순간순간 나타났다.

2. 네 부모는 너를 잊을지라도

25세 때, 중매로 결혼을 해 시골에서 살게 되었는데 시집간 그달부터 장티푸스에 걸려 시름시름 앓기 시작해 10개월을 집 안에서 병석에 누워 지냈다. 갓 시집간 새댁이 구토를 하니 시댁 식구들은 당연히 임신인줄 알았고 병이라고는 생각도 못했기 때문에 방치했고 그로 인해 병을 키웠다.

당시만 해도 시골에는 병원도 귀했으므로 뚜렷한 치료도 할 수 없었고, 음식이나 조심하고 씻으면 병을 더친다 해서 되도록 씻지 못하게 하는 것이 치료라면 치료였다. 그래서 고열과 심한 구토로 죽을 고비를 몇 번을 넘기게 되었고 그럴 때마다 의사로부터 마지막이라는 선고를 받았으나 질기게도 살아났다.

그러나 다시 한 번 죽을 고비가 다가왔다.

"마지막이 될 것 같으니 친정 식구들을 불러 만나게 해 줘야겠습니다."

왕진 온 의사의 권고에 따라 친정어머니가 오셨다. 그날 어머니는 밤새도록 내 곁에 앉아 우셨다. 이제 한창 나이인 25살에 죽어가는 딸을 보는 어머니 마음이 오죽했겠는가.

밤을 못 넘길 것이라는 선고를 받았으나 무사히 그 밤을 보내고 이튿날이 되었다. 그날은 25번째 맞이하는 나의 생일이있다.

장맛비가 세차게 내리던 그날 아침, 우체부가 내 이름을 부르는 소리에 잠에서 부스스 깨어났다. 어머니가 나가시더니 흰 종이에 싸인 소포를 들고 들어오셨다. 풀어보니 닳고 닳은 성경책 한 권이 편지와 함께 들어 있었다.

그때 17살이었던 막냇동생이 써 보낸 편지는 울면서 썼는지 아니면 빗물인지 군데군데 얼룩이 져 있었다.

"누이, 오늘이 누이 생일입니다. 죽음의 고비를 넘기고 다시 살아나면 그 생명은 하늘이 주신 생명이라 생각하고 하나님께 바치십시오." 라고 적혀 있었다.

죽음의 문턱에서 받은 성경책과 편지는 곧 나를 부르시는 하나님의 음성 같았다.

오래 잊었던 하나님. 나는 잊었지만 하나님은 나를 놓지 않으시고 병마 중에 부르셨다.

"네 부모는 너를 잊을지라도 나는 너를 잊지 않으리라!" 하신 하나님이 절망 중에, 죄 중에 사는 인생을 다시 부르신 것이다.

> 내가 너를 구속하였고 내가 너를 지명하여 불렀나니 너는 내 것이라.(이사야43장1절)

> 여인이 어찌 그 젖 먹는 자식을 잊겠으며 자기 태에서 난 아들을 긍휼히 여기지 않겠느냐 그들은 혹시 잊을지라도 나는 너를 잊지 아니할 것이라.(이사야49장15절)

3. 전도하라고

9살 때 고등학생 두 명이 탄 자전거에 발을 치이는 사고를 당했다. 가정방문을 가시는 선생님의 부름을 받고 집을 나서 골목 밖으로 나가다가 달려오는 자전거에 치이고 말았는데 오른쪽 발목이 살만 조금 붙어 있는 채로 뼈가 다 부러지고 살도 찢겼다. 겨우 살만 조금 붙어서 흔들리는 발목을 털렁거리며 뼈 접골원에 실려 갔다. 의사는 유도를 하는 사람이었는데 하필 술이 잔뜩 취해 있었다. 부러진 발목을 살펴보더니 큰 소리로 어딘가로 전화를 하는데 유단자를 한 사람 더 부르는 것 같았다.

잠시 뒤, 유도복을 입은 건장한 남자가 한 사람 오더니 두 사람이 양쪽에서 발목을 잡고 기합을 넣으며 동시에 뼈를 맞추어 붙였다. 그 순간, 부러지고 떨어져 냉기만 느껴지고 통증이 없던 발목에 엄청난 통증이 왔다. 그리고 깁스를 하고 약을 발라 치료를 해 주었는데 며칠간을 고열과 혼수상태에 빠져 정신을 잃은 채 지냈다.

며칠 만에 겨우 눈을 뜨니 사고를 일으킨 학생의 집에서 그 부모님이 찾아와 무릎 꿇고 우리 가족에게 사과를 하고 있었다. 가해자 측이 피아노 공장을 하는 사장 집으로 부자였던지라 어려웠던 그 시절 서민으로서는 먹기 힘든 희귀한 식품인 파인애플 통조림과 일본산 밀감을 자주 사 들고 찾아왔다. 철없는 나는 그걸 먹는 재미에 아픈 것도 잊고는 했다.

그때 담임이었던 변영계 선생님이 열에 떠 잠든 내 얼굴에 눈물을 떨어뜨리며 우시던 모습이 지금도 생각난다. 누워 지내야 했던 몇 달간을 선생님은 하교 후, 늘 오셔서 그날 수업분량을 가르쳐주셨다.

석 달 후, 깁스를 풀었으나 걷게 된 것은 그리고도 한 달이나 훨씬 지난 후였다. 처음에는 뒤주나 장롱을 붙들고 아기처럼 새로 걸음마를 배워야 했다.

돌이켜보면 그 당시 의료 시설이 제대로 없었던 시절이었는데 지금 내가 불구가 되지 않고 온전케 된 것은 모두 다 하나님의 은혜였다고 생각한다.

그동안 살면서 다리를 삐어서 몇 번 병원에 간 적이 있기는 한데 의사는 그 다리로는 되도록 걷지 않는 것이 좋겠다고 권했다. 그러나 남보다 더 잘 걷고 그 다리로 전도하고 있으니 감사할 수밖에 없는 것이다.

사람은 나이가 들면 다리가 아프다고 하는데 지금 내 나이가 육십이 넘었지만 삐었던 것 외에는 다리가 아픈 적은 한 번도 없었다. 정말 하나님의 은혜라고 할 수 밖에 없다. 전도하라고 고쳐 주심이 분명하다.

4. 귀신 역사

큰딸이 2살 때였다. 집을 나가면 1년에 한 번 정도 집으로 돌아오던 남편이 집에 며칠 머물러 있을 때다.

여름이었는데 모기장을 쳐 놓고 2살짜리 딸과 나는 잠이 깊이 들어 있었다. 한밤중에 자다가 일어나니 곁에서 자던 남편이 없어졌다. 잠결에 나는 '화장실에 갔거니……' 하고 다시 잠이 들었다.

몇 시쯤 됐는지 알 수 없으나 누군가가 엉덩이를 툭 차는 바람에 눈을 떴다. 그믐이라 캄캄한 방 안에 뭔가 시커먼 물체가 우뚝 서 있었다. 남편이었다. 남편은 나를 보면서 소름이 끼칠 정도로 낮은 목소리로 말했다.

"일어나서 내 손을 봐라. 며칠 전에 묻은 무덤을 파헤치고 시체를 뜯어 먹어서 온 손에 피가 묻었는데 그것도 안 보이냐? 일어나서 한 번 보란 말이야. 맨발로 황톳길을 갔다 왔더니 발에도 황토가 물었어."

귀신에 씌어 귀신이 주는 환상과 환청에 사로잡힌 모양이다. 무서워서 온몸에 냉기가 도는 것 같았고 소름이 끼쳤다. 저것이 남편이란 말인가.

남편은 그렇게 한참을 낮은 소리로 중얼거리더니 그만 모로 쓰러져 다시 잠이 들었다. 자다가 잠이 확 깨었다. 저러다가 어느 날 달려들어 나를 죽이지는 않을까. 어떻게 밤을 샜는지 모르게 아침이 되었다. 무서워서 남편 얼굴을 보는 것조차 싫었다.

또 어떤 날은 초저녁부터 자던 남편이 밤 12시쯤 벌떡 일어난다. 그러고는 맨발로 넓은 마당을 뛰어 나가서 양철로 만든 대문을 소리 나게 열어젖히고 어두운 바깥을 향해 손짓하며 들어오라고 소리소리 지른다. 자신의 눈에는 무언가 보이는 모양이다. 그러다가 귀신 떼가 밀고 들어온다며 쫓겨서 방으로 뛰어 들어온다. 이불을 덮어쓰고 부들부들 떠는데 입술이 시퍼렇다.

예수를 믿지 않던 때라 내 눈에 영적인 게 보일 리 만무하고 밤만 되면 자주 그렇게 변하는 남편의 모습을 보면 기가 막혔다. 밤길을 가다가 귀신에게 쫓겨 뛰다가 온 얼굴에 상처를 입고 피를 흘리며 들어오기도 하고, 무언가 대상도 보이지 않는데 혼자서 두려워하고 무서워하기도 하는 것이 정상인은 아니었다.

영의 세계에 대해서 아무것도 모를 때니 그저 속수무책으로 당할 수밖에 없는 상황이 무섭고 비참했다. 너무도 간단한 방법이 있는데도 몰랐으니⋯⋯. 예수를 믿어 고침 받을 수 있는 길이 있는데도 그 진리를 몰랐던 것이다.

이제는 목회를 하며 안타까운 마음으로 더러운 영에 시달리는 이웃들을 바라본다.

5. 귀신들림

시어머니는 17세 때부터 귀신이 들려 평생을 온전치 못한 사람으로 사셨다. 방 안에서 소변도 보고, 대변도 아무 데나 옷이건 방이건 가리지 않고 배설을 했다. 거기다 술에 취하면 길바닥에 아무 데나 누워 잠들고 아랫도리를 다 드러내고 창피함도 모른다. 때로는 풍기문란으로 파출소에 잡혀 있기도 한다. 그럴 때는 아침에 밥을 해서 머리에 이고는 파출소에 찾아가야 했다.

한 달에 거의 대부분을 그런 생활의 연속이라 뒷수발로 잠도 제대로 자지 못하고 먹지도 못해 나 역시 정상적인 삶을 살지 못했다. 거의 매일이다시피 술주정에, 폭행에, 귀신들림에 지옥이 따로 없었다.

하나님을 떠나 살던 내게 어쩌면 그런 일들은 당연한 일이었는지도 모른다. 하나님 없는 세상은 그곳이 곧 지옥이란 것을 처절히 깨닫는 삶이었다.

6. 열녀비 앞에서

결혼을 하고 얼마 되지 않은 때의 일이다.

늘 밤중에 술에 취해 들어오는 남편을 그날도 마중을 나갔다. 시골길 동네 초입에는 오른편으로 열녀비가 있었다. 달도 밝지 않은 밤이라 다른 날보다 더 어두운 길을 남편과 함께 걸어오는데 갑자기 남편이 소변을 보겠다고 열녀비 쪽으로 걸어갔다.

좀 떨어진 곳에서 기다리고 서 있는데 남편이 소변을 보고 난 후에 비척비척 걸어서 내가 있는 쪽으로 왔다. 그 순간, 남편 머리 위에 소복을 입은 여자 귀신의 모습이 보였다. 상체만 둥실둥실 떠서 걷는데 남편과 함께 보조를 맞추어서 걷는다. 얼마나 무서운 경험이었는지 모른다.

특정한 자리에서 역사하는 더러운 영은 섬김이나 숭배를 좋아한다. 그러므로 귀신을 섬기는 문화는 도리어 귀신을 부른다는 것을 알아야 한다. 제사 역시 그렇고 죽은 사람의 비를 세우는 것은 귀신을 모시는 것과 같은 일이다.

7. 술 귀신

시어머니는 17살에 귀신 들리고 19살 되던 해에 시집오셔서 밤 12시만 넘으면 흰 속옷 바람에 유달리 풍성하고 긴 머리채를 다 풀어 헤치고는 마당에 있는 우물가로 달려가서 우물 속을 들여다보며 "오메! 오메!" 부르며 우물 주위를 지치도록 빙빙 돌았다고 한다.

그래서 시할머니는 며느리 귀신 든 병을 고쳐 주시려고 큰 굿을 일곱 번이나 하셨다고 하는데 아무 소용이 없다고 말씀하셨다.

그럭저럭 세월이 흘러 여러 아들딸이 태어났고 형제 중 제일 인물이 좋았던 셋째 아들이 모 심을 때 중참으로 먹으려고 두었던 한 되짜리 소주 한 병을 다 마시고 벌겋게 되어 뒹굴다 죽어 버렸다. 그 후에 시어머니는 술 귀신도 씌었는지 주량이 만만치 않아서 유리병에 든 한 되짜리 소주를 병째 들고 길을 걸어 다니며 음료수처럼 마셨다.

주량이 센 만큼 주정과 행패도 말로 다 할 수 없을 만큼 심했다. 술이 깨도록 온 식구를 들볶고 괴롭히며 난동을 부렸고, 내 집이나 이웃집이나 가리지 않고 뛰어 들어가 아무나 멱살을 잡고 흔들어 모든 사람의 두려움의 대상이었다. 파출소 순경들도 시어머니를 어떻게 할 수 없어 손을 들 정도였으니 식구들이야 오죽했겠는가.

집 안에서는 전등불 줄을 잡고 당기며 불을 내버리겠다고 식구들을 협박하고 부엌에 있던 식칼을 찾아 들고 나를 향해 찌르려고 덤벼들기도 해서 그때마다 나는 아이들과 도망을 가야 했다. 또 대소변 묻은 옷을 입은 채로 며느리 가슴에 올라타고 앉아 멱살을 잡고 흔들고 온갖 욕설을 퍼 부었다. 날이 새면 마루와 방에는 대변 때문에 깨끗한 곳이 없었고 밤새도록 말라 붙어버린 대변을 꼬챙이로 후벼내야 했다.

고무장갑도 귀한 시절이라 대소변 묻은 옷을 개천에 들고 가서 맨손으로 개울물에 대변덩이를 흔들어 씻고 있을 때면 서럽고 기가 찼다. 친정어머니 생각이 그렇게 간절하게 날 수가 없었다. 나중에 친정어머니가 이런 사실을 알게 되어 사기결혼이라고 펄쩍 뛰었으나 이미 어쩔 수 없는 일이었다.

8. 귀신 들린 시어머니

날씨가 비 올 듯하거나 바람이 불기 전, 시어머니는 일기예보보다 더 정확히 날씨를 예견했다. 비 오기 전날이나 바람 불기 전날에는 무슨 예시처럼 촛불을 하천가 다리에 양쪽으로 몇십 개씩 불 붙여 세워놓고 두 손을 합장하며 밤새도록 빌고 다녔다. 더러는 비 오는 밤, 산에 올라가 아무 무덤 앞에서든 빌기를 수십 번. 귀신 형체같이 되어 집에 돌아온다. 그리고는 마루에 쓰러져 누워 버리는데 이미 속옷에는 변을 실컷 묻혀 놓았다. 이런저런 수발을 들며 살아가자니 자연 나는 서서히 병들어 갔다.

하나님을 떠나 살아가는 내게 이런 불행은 어쩌면 당연히 받을 벌이었는지 모르지만 또 그것은 나를 다시 부르시는 하나님의 다른 표현이었으리라. 환경을 통해서 '나에게로 돌아오라'고 말씀하시는데도 깨닫지 못함으로 하나님 앞으로 나아가지 못한 것이다. 무지함으로 인해 처참한 산 지옥생활을 하면서도 그 속에서 헤어나려고 인간적인 몸부림만 쳤지, 하나님 앞으로 나아갈 생각은 하지 못했으니 정말 어리석은 인생의 모습이 아닐 수 없다.

9. 버려진 인생

1981년 8월 하순, 남편이 이전에 집을 나가기 전에 빌려 썼던 돈 때문에 나까지 고소를 당하게 되었고 경찰에서 함께 조사를 받게 되었다. 돈을 갚지 못하니 사기죄로 걸린 것인데 남편이 저지른 일을 덮어 쓰게 된 것이다.

큰아이가 5살, 작은아이가 뱃속에서 8개월 되었을 때였다.

한여름 무더위에 유치장에서 며칠을 지내고 있는데 집에 두고 온 5살짜리 큰아이가 유치장 밖에 찾아왔다. 순경이 가라고 쫓아내는

데도 계속 "엄마! 엄마!" 부르며 유치장 밖에서 나를 바라본다.

이틀 째 되는 날, 한 순경이 그런 아이를 바라보다가 불쌍했는지 엄마한테 들어가라고 유치장 문을 열어주며 선심을 썼다. 그래서 큰딸 역시 유치장에서 함께 있게 되었다.

식사 때가 되면 순경들의 배려로 콩밥이랑 반찬이 여러 사람 몫이 들어왔다. 덕분에 밖에서 사는 것보다 먹는 것과 자는 것이 해결이 되었다.

그렇게 보름 정도를 보낸 후 밤 1시쯤 유치장 문이 열리며 석방이 되었다. 조사를 다 해본 연후에 남편이 저지른 일이라는 것이 판명되어 석방이 된 것이다. 유치장 문을 나서니 깜깜한 어둠이 우리를 기다리고 있었다.

우선 개울을 찾아 목욕부터 했다. 유치장 화장실에서 삐끗하여 오물 위에 쓰러진 후 갈아 입지 못한 옷을 그냥 맹물에 씻어 꼭 짜서는 그대로 입었다. 아이와 나는 그 순간만은 씻을 수 있는 물만으로도 감지덕지하여 비참한 처지조차 잊어버렸다.

유치장에서는 나왔지만 우리는 돌아갈 곳이 없었다. 고소한 사람들이 살림살이는 다 가져가버리고, 방은 다른 사람이 세를 들었으므로 어쩔 수 없이 거리 인생이 되어버린 것이다. 한참을 이곳저곳 기웃거리다가 눈에 들어온 비닐 자리 하나 달랑 주워 들고는 잠잘 곳을 찾았다. 근처 큰 나무 밑에 자리를 펴고 아이를 보듬고 누우니 그때서야 내 신세가 서러웠다. 그러다 깜박 잠이 들었는데 이내 희뿌옇게 새벽이 다가왔다.

자리를 걷어 구석진 곳에 숨겨두고는 마땅히 갈 곳이 없었기에 일 없이 새벽시장에 터덜거리며 내려갔다. 아직 어둠이 채 안 걷혔으나 새벽시장은 사고 파는 사람으로 붐볐다. 수중에 단돈 몇 천원만 있어도 장사를 해 보런만 나는 철저히 빈손이었다.

아이와 나는 시장 한쪽 구석에 쪼그리고 앉았다. 우리 앞에는 열무를 한 트럭 풀어 내리는 장사가 있었는데 제법 쏠쏠히 팔려나가는 것이었다. 한참을 바라보다 일어서려는데 그 장사 아주머니가 우리 곁으로 다가왔다.

"새댁! 아까부터 내가 보니 뭔 곡절이 있는 모양인데 나한테 얘기해 봐요."

"……."

"온 얼굴에 근심이 쫙 깔려서는 내가 장사하는 것만 보던데……."

피붙이처럼 다가와 물어보는 바람에 내 사정을 대강 이야기했더니 아주머니는, "세상에! 세상에! 그런 일이……." 하며 혀를 끌끌 차더니 열무 값은 후에 계산하자며 가지고 가고 싶은 만큼 가져가서 팔라는 것이었다. 나중에 본전만 갖다 달라고 했다.

"나를 어떻게 믿고요?"

"아이고, 새댁, 내가 그래도 사람을 볼 줄 알아요. 팔아낼 만큼 갖고 가서 팔고 내일 본전만 갖고 와요. 새댁은 남의 것 떼먹을 사람 같지 않아."

염치 차릴 계제가 못 되는 나는 80단 쯤 얻어서는 200미터가량 떨어진 오후 시장으로 몇 번에 걸쳐 갖다 날랐다. 채소 장사라고는 해본 적이 없는 나였으니 아무것도 모르고 무조건 밑천 없이 한다는 욕심만으로 많이 가져갔다. 그러나 한여름 불볕에 한 시간쯤 지나자 열무는 가운데 속부터 열을 내뿜더니 진잎이 생기고 이내 물크러졌다.

'80단이나 날라 됐으니 이를 어쩐담.'

가져온 열무는 썩어 들어가고 엎친 데 덮친 격으로 오후 서너 시가 되니 상인들이 싱싱한 채소를 들고 와 내 곁에 자리를 잡고 앉는다. '본전도 못 건지겠구나.' 싶으니 믿고 채소를 맡긴 그 아주머니의 얼굴이 떠오르고 못할 짓을 한 것 같아 미안하기까지 했다.

그런데 이게 웬일인가. 사람들이 싱싱한 채소 앞을 지나 내게로 오더니 한 사람씩 열무를 사는 것이었다. 이미 누렇게 떡잎이 지는데…… 두 시간쯤 지나니 80단 전부가 팔렸다. 계산을 해보니 싸게 판 덕에 아이와 둘이 국수 두 끼 정도 사먹을 돈이 남았다. 그러나 아끼려고 둘이서 국수 한 그릇을 사서 나눠 먹고는 또 나무 밑으로 자러 갔다.

날이 샌 후에 채소 판 돈을 들고 그 아주머니를 찾아가니 반색을 하셨다.

"아이구, 그래, 내가 사람 본 거는 틀림 없구만. 꼭 가져올 줄 알았다니까."

그렇게 며칠을 장사를 해서 돈을 모았다.

이제 두어 달만 지나면 날씨가 쌀쌀해질 텐데 어디서 해산을 할지 난감했다. 적은 이문이지만 하루에 국수 한 그릇으로 둘이서 끼니를 때우고 남는 것을 모으면 추워지기 전에 방이라도 얻을 수 있을 텐데 이러다 길에서 몸을 푸는 건 아닌가 걱정이 되었다. 그러다가 본가로 들어가 거기에서 아이를 낳으면 시어머니도 사람인데 설마 쫓아낼까 하는 생각이 들어 잠시 본가로 들어갈까도 생각했다.

하지만 어쨌든 내 힘으로 살아보자 생각하고 방을 얻으려고 적은 돈이나마 모았더니 산비탈에 있는 조그만 달세 방을 하나 얻게 되었다. 주인댁은 할머니 혼자 사셨는데 자리 하나 달랑 들여놓고 방에서 잠을 자게 되니 그제야 살 것 같았다.

며칠이 지난 어느 날 밤, 어떤 소리가 들려 잠에서 깨어났는데 얼핏 들으니 주인 할머니와 할머니 옆방에 세 든 젊은 여자의 소곤거리는 소리였다.

"아이구, 무서워, 할머니! 저 여자 쫓아내요. 저러다 밤중에 할머니나 우리 방에 뭘 훔치러 들어오면 어떡해. 나는 무서워서 못 살겠어요. 뭘 했던 사람인지 거지같은 게 이불도 숟가락도 아무것도 없이 이사를 들어와서 저렇게 사는 걸 보면 아주 질이 나쁜 사람인 것 같아요. 칼이라도 들고 들어오면 어떡해. 저 여자 안 내보내면 우리가 나갈래요."

소곤거리는 소리지만 그 소리를 듣는 순간 정신이 번쩍 들며 내 자신에 대해 무서움이 느껴졌다.

왜 내가 저들에게 무서움의 대상이 되었을까?

내 모양이 저들에게 그렇듯 무섭게 느껴질까?

더 있을 수가 없었다. 다시 거리로 나와 밤이면 나무 밑이나 남의 처마 밑에서 잠들었고 낮이면 아이와 산을 헤매며 호박잎을 따서 오후 시장에 나가 팔아서는 근근이 허기를 면했다.

점점 만삭이 되어가고 밤이면 이제 길에서 잘 수 없을 만큼 날씨가 쌀쌀해져갔다. 임신 중독증 증세로 팔 다리가 붓고 눈 주위도 부석거려 괴로웠다. 더는 견딜 수 없었으므로 죽기보다 싫었으나 시댁으로 들어갔다. 이때가 10월 말경이었다.

촌으로 다니며 생선을 팔고 밤에야 들어오신 시어머니는 아이와 나를 보더니 손찌검과 욕설부터 퍼부었다. 몸을 풀어야겠기에 아무 소리 없이 당했다.

시집에 들어간 지 며칠 지나지 않아 진통이 왔다. 해도 들지 않는 컴컴한 구석방에 들어가 혼자서 진통을 겪었다. 하루가 지나도 아이는 나올 기미조차 보이지 않았다. 하루를 꼬박 지내고 기진맥진

해 있는데 근처에 사는 작은집 동서가 오더니 내 하는 양을 보고 안 되겠던지 산파를 불러왔다.

잠시 후 젊은 의사가 오는데 화투판에 끼어 앉았다가 붙들려오는 바람에 왕진 가방도 없이 몸만 달랑 왔다. 재차 가방을 챙겨 다시 왔으나 아이는 영 나올 생각이 없는 것 같았다. 이틀간 진통을 겪었으니 나도 기운을 다 잃어 정신조차 혼미해져 갔다.

한참 애쓴 끝에 의사가 포기를 하고 제왕절개를 권했다. 치료비가 없어 못하겠다고 하니 동서가 펄쩍 뛴다.

"병원비 때문에 그러면 내가 다 낼게요, 형님. 이러다 형님 죽겠소."

동서는 기가 차서 원망을 시어머니에게 돌렸다.

"사람도 아니지. 며느리도 사람인데 아무리 자기 자식 아니라고 이럴 수가 있어? 이 추운 날 방에 불도 넣지 않고 해산할 사람을 냉방에 버려두고 이래도 죄를 안 받아?"

목이 메어 동서가 울며 소리를 질렀다.

그러나 나는 이미 분개하고 슬퍼할 기운도 없었다. 병원에 못 가겠다고 버티니 의사가 다시 한 번 시도해 보자며 촉진제를 몇 대 더 놓았다. 한참을 더 애쓴 끝에 아이가 빠져 나왔다. 이틀 만에 세상 밖으로 나온 아이는 재채기를 심하게 두어 번 해댔다. 그 바람에 긴장했던 동서와 의사가 웃음을 터뜨렸다. 그러나 가엾게도 아이는 재채기를 할 뿐 울지를 않았다. 의사가 아이를 거꾸로 들고 엉덩이를 몇 대 때렸더니 그때서야 울었다.

밤늦게 만취되어 시어머니가 들어오시더니 다짜고짜 달려들어 멱살을 쥐어뜯었다. 난산 후 혼미한 상태로 잠들었던 나는 아무 힘도 없이 당해야만 했다. 아이는 낳았으나 따뜻한 방도 따뜻한 음식도 나에게는 허락되지 않았다. 시부모님은 당신들의 방에만 불을 때고 주무셨다.

냉방에 솜이 뭉쳐 엉망이 된 이불을 덮고 누워 우리 세 모녀는 벌벌 떨며 밤을 새웠다. 그러나 그 상태도 호강이었다. 시어머니는 술에 만취되면 방에 누워있는 꼴도 보기 싫어 구정물을 동이로 들고 와서는 자는 방에 들이부었다. 거기다 갓 태어난 아이는 젖이 나오지 않으니 빈 젖을 빨며 얼마나 울었던지 목이 다 잠겼다.

빨래터에서 이 이야기가 퍼져 이웃집에서 분유와 젖병을 가져다 주었다. 시어머니께 들킬세라 방구석에 숨겨 두었는데 귀신 들린 사람이라 집에 들어서더니 귀신같이 우유 숨겨둔 곳을 바로 찾아서 분유통을 들고 나와 마당에 내동댕이쳤다. 온갖 욕설이 뒤따랐다. 남이 갖다 주는 것도 못 보는 시어머니의 그 악랄한 마음은 대체 어디서 연유하는 것일까.

아이와 나는 지칠 대로 지쳐갔다. 난산에다 산후 조리를 못해 나는 벽에 기대어야 겨우 앉을 수 있었고 보리만 삶은 밥도 제대로 얻어먹을 수 없었다. 빈 젖을 물린 채 벽에 기대어 앉아 밤을 지새웠고 먹지 못한 아이는 시퍼런 물 같은 변을 주룩주룩 싸댔다.

그렇게 며칠 흐른 어느 날 밤, 그날은 어떤 마음으로 그랬는지 시어머니가 자기 옆에 와서 자라고 말을 했고 오랜만에 우리 세 모녀는 따뜻한 데서 누워 잠이 들었다.

밤 2시쯤 되니 방이 서늘히 식어왔다. 시어머니가 나를 깨우더니 방에 불을 때고 들어오라고 했다. 나는 부엌으로 나가 불을 지폈다. 잠시 불을 때고 있는데 갓난아기의 자지러지는 울음소리가 내 귀에 들리는 듯하더니 다시 조용해지는데 불길한 예감이 들었다.

나는 지피던 불을 아궁이에 깊숙이 쑤셔놓고는 방으로 엎어지듯 뛰어 들어갔다. 방 안의 광경은 나를 전율케 했다. 덮으면 어른도

숨 막힐 두꺼운 이불을 핏덩이 갓난쟁이한테 푹 씌워 놓고 아이 위에 다리를 걸쳐놓고 있는데 그 모습은 귀신의 모습이나 다를 바 없었다. 나는 순간적으로 이성을 잃고 시어머니한테 달려들어 밀쳐내고 이불을 벗겼다. 아이는 질식 상태가 되어 온몸이 땀에 젖어 먹을 감은 것처럼 되어 있었다. 악몽 같은 밤이 지나고 이후로 나는 시어머니가 바라보기조차 무서웠다. 어느 날인가는 큰아이와 나도 잠든 사이에 무슨 변을 당할지 두려워졌다.

빨래터에서나 길에서 만나는 이웃들은 그런 나를 측은히 여겨 자기 집으로 불러들여 밥도 먹이고 따뜻한 위로도 했으나 혹여 시어머니가 알게 되어 행패라도 당할까 봐 두려워했다. 누가 나에게 동정이라도 베풀면 그 집에 만취된 상태로 뛰어 들어가 밤새워 울고불고 소리치고 행패를 부리니 당해 낼 이웃이 없었다.

그동안 아이는 시동생과 시누이가 다녀갈 때마다 사 주고 간 분유로 그럭저럭 자랐다.

10. 이웃들

춥고 긴 겨울을 간신히 지나고 3월, 봄이 왔다.

나는 작은집 동서를 통해 15만 원을 빌려서 꽃 장사를 시작했다. 제대로 젖을 먹지 못해 작고 바싹 말라 보기에도 불쌍한 작은 아이를 등에 들쳐 업고 마산까지 가서 화분 꽃을 받아와서 시골 오후장에 앉아 팔았다. 힘은 들었으나 아이의 분유라도 살 수 있었고 사소한대로 생계에도 보태어 썼다.

그럭저럭 봄이 지나가고 여름이 되어 등에 업힌 아이는 가슴에, 나는 등에 땀띠가 꽃 피었다.

이웃들은 장에 쪼그리고 앉아 있는 내게 미숫가루도 한 그릇 물에 타서 가져다주며 안쓰러워하고 측은히 여겨 주었다. 때로는 그들이 베푸는 밥상을 받으면 그들의 눈물 때문에 주는 음식이 목이 메어 넘어가지 않았다. 좋은 이웃들이다. 동정을 베풀다가 시어머니에게 들키면 곤욕을 치르는 줄 알면서도 따뜻한 가슴을 가진 이들인지라 시어머니 몰래 먹을 것을 자주 가져다주었다. 눈물로 밥을 먹는다는 말처럼 정말 눈물의 밥이었다.

그런 환경 속에서 나는 서서히 병들어 갔다. 지옥과 같은 생활의 연속으로 나는 가슴에 통증을 느끼기도 했고, 어떤 때는 숨을 쉴 수 없어 한참 애를 써야 겨우 숨을 쉴 수 있었다. '아! 죽는 것도 복이다.' 하는 생각을 하기도 했다. 인생이 이렇게 살다 가는 것인가 회의가 오고 절망스러웠다. "인생의 8할은 바람이라" 고 어느 시인은 말했는데 내 인생은 온통 바람이라는 생각이 들었다.

Part 2

네 말이
내게 들린 대로

PART 2

네 말이 내게 들린 대로

11. 네 말이 내게 들린 대로

어느 날, 너무 어지럽고 기운이라고는 없어 부산 D 병원으로 검진을 받으러 갔다. 검사 결과는 천 명에 한 명꼴로 희귀한 병인 피가 부족한 병이라 했고, 온 김에 수혈을 하고 가야 된다고 했는데 남의 피를 넣는다는 것도 싫고 돈도 없어 결과만 보고 돌아왔다.

사실 피만 모자라는 게 아니라 다른 병도 있었는데 17살 때부터 갑상선에 이상이 생겨 늘 기운이 없었다. 종양이 점점 자라면서 항상 목이 부어 있었다. 마산에서 그 방면에 유명한 의사가 있어 동위 원소 검사와 조직 검사를 한 결과, 의사선생님이 물으셨다.

"혹시 신앙생활을 하고 있어요?"

"예, 교회 다닙니다."

"평생 예수나 잘 믿으세요."

희한하게도 예수 잘 믿으라는 말만 듣고 왔다. 더 이상한 건 약을 먹어도 소용이 없는 것이다. 그렇게 피가 부족한 병과 갑상선 종양이 몇십 년 되었으니 살아가는 자체가 하나님 은혜라고 할 수 있다.

그날, 부산까지 갔다가 밤늦게 집에 도착하니 버스 정류장에 모여 있던 이웃 사람들이 나를 발견하고는 빨리 집으로 가보라고 재촉을 한다. 버스 정류장에서 집까지는 제법 먼 거리인데 시어머니의 부르짖는 소리가 버스길까지 들려왔다. "아야, 아야," 하는 소리가 처절하다 못해 사람의 소리가 아닌 짐승 소리같이 들린다.

집에 도착해서 방 안에 벌어져 있는 광경을 보니 한 마디로 어이가 없을 정도였다. 한여름이라 얇은 옷을 입고 있는 때인데 윗옷을 둘둘 말아 가슴 밑에 불끈 잡아매고, 아래는 아무것도 입지 않은 채 벌거벗고 있는데 엉덩이를 치켜들고 있는 모양이 보는 사람이 도리어 부끄러울 지경이었다.

"아이구, 나 좀 살려주라."

끙끙 앓으며 나를 쳐다보는데 지금까지 나를 욕하던 모습은 사라지고 그 고통에서 해방시켜 주기를 간절히 애원하는 눈빛으로 바라보셨다. 손가락 하나를 불에 데어도 아픈데 배꼽 아래 부분은 다데어서 성한 곳이 한 군데도 없으니 그 고통이 오죽하겠는가? 지옥의 고통일 것이다.

그 순간, 지나간 모든 일들이 내 머리를 스치면서 내 입에서 야밀친 말이 나갔다.

"평소에 그렇게 나를 못살게 하고 보기 싫다고 하더니, 아프니까 결국 나한테 기대네요. 나보고 늘 ○년 ○년 하더니 어머니 말대로 개장국에 데었네요."

이후에 말씀을 깨달을 때 그 당시를 돌아보니 말의 열매를 맺는다는 게 어떤 것인가를 이 사건을 통해 깨닫는 것이 있었다.

"네 말이 내 귀에 들린 대로 내가 시행하리니" 하신 말씀이 우리가 얼마나 말을 아름답게 긍정적으로 해야 되는가를 가르치고 있다.

시어머니가 보신탕에 몸을 데인 사건을 주변 사람에게 듣게 되었는데 이야기는 이랬다.

그날은 장날이었다. 낮술이 얼큰히 취한 시어머니가 하늘을 우러러보며 보신탕 국솥 곁을 지나가시더란다. 걷다가 여름 얇은 치마가 국솥에 스치면서 치마에 걸려 그 국솥이 넘어졌고 펄펄 끓던 국솥이 넘어질 때 반사적으로 시어머니는 그 국솥을 껴안았다고 한다. 배꼽 부위부터 발바닥까지 성한 곳 한 군데도 없이 뜨거운 보신탕 국에 덴 것이다.

왜 하늘을 보고 걸어갔는지 지금도 의문스러운 부분이고, 얇은 치마가 스쳤을 뿐인데 그 큰 솥이 넘어진 것도 의문이다. 현장을 목격한 이웃들은 "며느리를 그렇게 못살게 하더니 천벌을 받았다."고 이구동성으로 말했다. 그 광경을 목격한 동네 사람이 나를 찾다가 없으니 사촌 동서에게 알렸고, 사촌 동서는 시어머니를 리어카에 실어서 집으로 모셔다 놓고 우물가에서 물을 길어 퍼 부었다 한다. 그리고 민간요법으로 보신탕에 덴 데는 개털을 태워 뿌린다는 말을 듣고 개털을 구해서 태워 온몸에 뿌려 놓았다. 그 고통이 얼마나 심했을 것인가.

어떻든 치료를 받아야 하니 치마만 하나 입혀 병원으로 모시고 갔다. 의사선생님이 시어머니를 보더니 되레 환자를 나무란다.

"나이 드신 분이 그렇게 술로 사시니 이런 일이 있지요."

급히 소독약을 천장에 매달아 놓고 두 병을 물 붓듯이 부으며 환부를 소독을 하는데 의사가 지켜보는 나를 보고, "어린 아이를 업고 곁에 있으면 안 됩니다. 화독이 오르면 위험합니다." 하며 진찰실 밖으로 내몬다. 시어머니는 옷을 다 벗고 있으니 부끄러운지 나를 곁에 두기를 간절히 원했지만 의사에게 쫓겨서 나는 밖으로 나갔다.

이후 날마다 시어머니는 두 병의 소독약으로 물 붓듯이 부어가며 소독을 하고 치료를 받았다. 환자의 고통도 고통이지만 돈을 대기에도 너무 벅찼다. 빚은 계속 늘어나는데 이자를 받고 남에게 많은 돈을 빌려준 시어머니는 자신의 돈은 숨겨놓고 모든 것을 나한테 떠맡겼다.

몇 군데의 큰 병원에 입원을 하며 전전하는 동안 조금씩 차도가 있어 6개월 만에 나아서 집에 돌아오셨지만 잠시뿐, 다시 술에 취해 살아가는 생활이 계속됐다.

심은 대로 거두고 뿌린 대로 거두는 것처럼 자신이 행한 대로, 말한 대로 심고 거두는 법칙을 늘 자각하며 살아야 됨을 시어머니를 통해서 절실히 느꼈고, 이 일이 사람이 어떻게 살아야 하는가를 단편적으로 보여주는 사건이라고 말을 하고 싶다. 많은 악을 뿌리고 또 자신이 그것을 거두는 불쌍한 우리 인생의 모습이라 아니할 수 없다.

12. 오래 잊었던 하나님

1년 가까이 병석에 누웠다가 죽음의 문턱에서 동생의 편지와 성경책을 받고 병석에서 일어난 후에도 쉽게 교회를 나가지 못하고 있다가 몇 년이 더 지나서야 하나님을 다시 찾게 되었다. 그러나 시어머니 때문에 도저히 마음 놓고 교회를 다닐 수가 없었다. 예배를 드리고 있는 시간에 술이 만취되어 교회로 나를 찾아와서는 고래고래 소리를 지르며 방해를 놓았고, 예배실로 뛰어 들어와서 주사를 부려서 교회 청년들이 부축을 해서 리어카에 실어 집으로 모셔가는 그런 사태가 생기기도 했다. 부끄러웠다. 어느새 나는 다시 신앙 길에서 주저앉고 말았고 큰딸만 할머니 눈을 피해서 교회를 나갔다.

초등학교 입학할 무렵부터 큰아이는 심장에 병이 있었는데 심장 판막증 증세로 좌심방 우심방 사이에 구멍이 나 있어서 피가 역류할 때마다 괴로워했다. 겨울철 냉방에서도 식은땀을 흘리고 숨을 제대로 쉬지 못해 '학학'거렸다. 때로는 학교에서 급히 호출이 와서 달려가 보면 아이는 운동장 맨 땅바닥에 누워 식은땀을 흘리며 괴로워하고 있었다.

그러던 아이가 교회를 다니고 있는 사이에 우리도 모르는 사이에 점차 몸이 건강해져 갔다. 병원에 갔더니 좌심방과 우심방 사이에 구멍이 메워지고 있다고 했다. 교회를 나가기 시작한 얼마 후에는 심장병이 깨끗이 나음을 입었다.

아이를 치유하신 하나님의 신유의 역사를 보며 나 역시 교회에 나가려고 무진 애를 썼지만 시어머니의 주사를 감당할 수 없어 자꾸 주저하게 되었다. 내가 교회를 가면 시어머니는 대소변이 묻은 옷을 입은 채로 교회까지 따라와 소란을 피워 목사님과 성도들에게 부끄러워서도 교회를 갈 수 없었다.

시어머니를 모시고 사는 건 한 마디로 고역이었다. 거기다 시집은 종손 집이라 많은 제사와 생신 등 물질적으로도 말할 수 없는 어려움이 따랐다. 아직 어린 작은딸을 업고 꽃 장사를 해서 버는 조금의 돈으로는 지탱할 수 없었다. 그러자니 빚을 끌어 살림을 살 수

밖에 없었는데 살아갈수록 빚은 눈덩이처럼 불어났다. 나는 이를 악물고 모든 어려움을 감내하며 하루하루를 살았지만 이번엔 나마저 간염을 앓게 되었다. 손과 발, 눈동자까지 황달이 들고 음식은 먹는 대로 토해냈다.

사는 게 너무도 지긋지긋했다. 견디다 못해 차라리 죽는 게 낫겠다는 생각이 들어 죽으려고 어렵게 수면제를 구해 한 주먹 삼켰지만 이건 정신만 더 말짱해져 왔다. 죽을 사람은 접시 물에 엎어져도 죽는다는데 그 많은 수면제를 먹어도 죽지 않는 것은 무슨 일인지……. 어쩔 수 없이 '죽지 못해 살아야 하는 것인가' 생각하니 앞으로 살아갈 날이 두렵기까지 했다. 기막힌 환경과 죽을병을 통해 하나님이 나를 다시 부르셨지만 환경은 나를 예수 믿도록 놓아두지를 않았다.

산지옥 같은 삶을 살며 나는 하나님께 용서를 구했다.

"하나님 조금만 기다려 주세요."

13. 병원 생활

도저히 아무것도 먹을 수 없는 상태로 얼마나 날짜가 지났을까? 음식을 보기만 해도 입덧처럼 구역질이 심하게 난다. 거울을 안 보고 산 지 오래되어 내 모습이 어떤지도 알 수가 없다.

하루는 작은딸을 업고 근처에 사는 사촌 동서 집에 갔더니 동서가 나를 보며 질겁한다.

"아니, 형님. 얼굴이 왜 그렇습니까?"

그때서야 거울을 보니 온 얼굴이 빈 구석 없이 황달이 들어 노랗다.

병원에 갔더니 소견서를 써주며 속히 2차 병원으로 가보라고 한다. 나중에 들으니 소견서를 써줄 때 의사도 이 사람은 죽을 것이라고 생각을 했다고 한다.

2차 병원에 가니 의사가 집으로 가지 말고 바로 입원을 하라고 했다. 가져온 돈도 없고 장기간 입원하면 부담이 될 입원비 생각에 집에 갔다가 내일 오겠다고 하고 집으로 돌아와 이장 댁부터 먼저 찾아갔다. 의료보호 카드를 급히 신청해 놓고 아이를 고모에게 맡기고 병원에 입원했다. 다른 사람들은 보호자가 있는데 나는 보호자도 없이 하루에 작은 우유 한 병, 밀감 한두 개로 식사를 대신했다. 심한 구토증세로 그 외에는 어떤 것도 먹을 수가 없었기 때문이다. 그것도 없으면 그냥 굶으면서 견뎠다.

그때 똑같은 증세로 같은 병실에 들어온 환자 한 사람은 입원한 지 며칠 후에 시체가 되어 나갔다. 나 역시 죽어 나갈지, 살아 나갈지 모르는 상태에서 하루 종일 누워 있자니 성경책을 읽을 수밖에 없었다.

어느 날, 회진하던 의사 선생님이 머리맡에 있는 성경책을 보더니 "교회 다니세요?" 하고 물어본다. "저도 전라도에 살 때 예수를 믿었었는데 객지 나와서 교회를 못 나간 지 오래 됐습니다. 아주머니 보니 나도 열심히 믿어야겠네요." 한다.

이후로 피붙이같이 나를 챙기는데 하나님이 보낸 천사같이 생각될 정도로 지극정성으로 보살핀다.

"내가 꼭 살려드릴 테니까 걱정 마세요."

얼마나 신경을 쓰는지 미안할 정도다. 돈도 내지 않는 의료보호 카드를 사용하는 환자인데 정말 많은 은혜를 베풀어 주었다.

하나님의 살피심을 다시 생각하게 되는 이 즈음이다. 어쩌다 한 번씩 시어머니 모르게 교회를 나갔을 뿐인데 하나님은 이 병실에도 천사를 보내시는구나 싶었다.

14. 하나님, 살려 주세요

거의 굶다시피 사는데도 기운이 없지는 않다. 어떤 알지 못할 새 힘이 나를 지탱하게 하는 것 같다. 황달기가 이마에서부터 서서히 빠지기 시작하더니 발끝까지 빠지는 데 한 보름 걸렸다. 두 달이 지난 후 퇴원했다.

"간경화증으로 진행되기 쉬우니까 항암제를 꼭 복용해야 합니다."

의사의 간곡한 부탁을 들으며 집으로 돌아왔으나 먹을 것도 없고 항암제를 복용할 상황도 되지 않는다. 그저 할 수 있는 것은 몸조리밖에 없다. 무리하지 말고 쉬는 것도 좋은 처방이라는 의사의 말에 따라 누워 지내는 시간이 많아졌다.

아직도 어린 아홉 살짜리 큰딸이 학교를 마치고 산에 올라 춘란을 캐어다가 시장에 가서 팔아서는 쌀 한 되, 생선 한 마리, 네 살짜리 동생에게 줄 과자 한 봉지를 사면 그것으로 온 식구가 이틀을 살았다. 3만 원씩 주는 달세 방은 방세가 10개월째 밀려가고 나무를 때지 못해 방바닥은 얼음장이다. 학교에 갔다 와서 큰딸이 더러 산에 가서 솔방울과 썩은 나무뿌리를 주워 와서 불을 때는 때가 있으나 대부분 찬 방에서 자야만 했다.

소망 없는 하루하루가 우리 앞에 있을 뿐 어떤 대책도 세울 수 없었다. 기운 없이 일어나 비척비척 집을 나서보지만 오라는 사람도 없고 갈 데도 없어 산으로 오르는 들길을 걸어본다. 그러다가 밭에서 떨어져 나와 길가에서 싹을 틔운 채소 하나가 눈에 띄면 캐어 와서 반찬을 만들어 먹기도 했다.

춥다. 마음도 몸도 날씨까지…….

이때쯤의 이야기로 참으로 슬프고 우스운 이야기가 하나 있다.

하루는 병든 몸을 이끌고 두 딸과 함께 썩은 나무뿌리와 솔방울이라도 주워 와서 방을 덥히려고 집 뒤 야산에 올랐다. 별로 높지 않은 곳인데도 힘에 부쳐 오르다가 쉬고 오르다가 쉬고 하며 산 중턱쯤에 다다라 숨을 고르기 위해 어느 무덤가에 잠시 앉아 쉬게 되었다.

눈앞에 펼쳐진 동네를 내려다보며 하염없이 앉아 있는데 갑자기 네 살짜리 작은딸이 아주 좋은 생각이 떠올랐다는 듯 내게 말했다.

"아, 참! 엄마 지금 산에 올라왔을 때 죽어. 집에서 죽으면 언니하고 나하고 어떻게 산에 끌고 와서 묻을 거야?"

웃어야 할지 울어야 할지…….

어린 소견에 늘 아픈 엄마를 보며 걱정을 하다 보니 그런 말이 나오나 보다.

"하나님, 들으셨지요? 나를 살려주셔야 이 아이들이 삽니다. 히스기야 같은 기도는 아닐지라도 작은 나의 기도를 들어주사 회복시켜 주시기를 바랍니다."

그로부터 30년이 흘렀고 나는 아직도 살아 있다.

히스기야 왕은 수명을 15년 연장 받았지만 나는 30년을 연장 받아 살고 있으며 앞으로도 하나님 사역에 쓰시기 위해 더 살게 하실 것이다.

작은 기도를 물리치지 아니하시고 들으시는 주님께 찬양과 감사를 올린다.

15. 구원의 하나님

병원에서 퇴원을 하고 난 후에도 계속 몸의 상태가 좋지 않아 병원을 다녀야 했으므로 의료보호 카드를 신청할 필요가 있었다. 면사무소에 찾아가 카드를 신청하니 얼굴을 쳐다보며 빙글빙글 웃는데 비웃는 표정이 역력했다. 어디 젊은 게 그런 거나 신청하러 다니느냐는 뜻이다.

간이 나빠 입원했다가 퇴원한 것을 이야기하고 다시 한 번 부탁했더니 곁의 직원과 함께 눈빛을 서로 교환하며 비웃었다. 그러나 당장 병원을 가야 하므로 개의치 않고 재차 부탁을 했다. 신청을 했는데도 아무 말 없이 자꾸 날짜만 흘러갔다. 여러 번 다시 찾아갔지만 어떤 답변도 없었다.

그래서 군수님께 편지를 썼다.

며칠이 지난 뒤 동네 이장이 집으로 오더니 역시 비웃으며 하는 말이, "혜택을 주려면 본토박이한테 주지, 객지서 굴러온 것들한테 혜택을 줘?" 했다.

가난한 것이 무슨 죄라고 온갖 욕을 다 들어야 했다. 카드도 발급해 주지 않으면서 이장도, 면사무소 직원도 나를 마주치기만 하면 힐끔거리며 수군거렸다.

며칠이 지나서 아침에 방문 밖에서 누군가 부르는 소리가 들려 문을 열어보니 군수님이 직원을 7~8명 거느리고 서 계셨다. 내 모습과 집을 둘러보시더니 돌아가서 즉시 의료카드를 만들어서 보내겠다고 하시며, "이런 어려운 사람이 동네에 있으면 신청을 안 해도 찾아서 도와줘야 되는데 이장과 면사무소에서 왜 내버려두고 있었습니까?" 하고 따라와 뒤에 서 있던 이장과 면사무소 직원을 돌아보며 나무랐다.

이장이 구시렁구시렁하며 볼멘소리를 했다.

"저 얼굴이 아픈 사람 얼굴인가?"

군수님은 위로의 말씀과 함께 내복 교환권을 두 장 건네주시며 "아이들하고 따뜻하게 지내세요." 하셨다.

다음날, 바로 카드가 발급되어 손에 들어왔다. 그리고 쌀 20kg이 함께 배달되어왔다. 이제 병원비는 염려하지 않아도 된다는 생각에 마음이 놓였다.

이 일을 두고 동네에서는 또 한 번 말들이 나돌았다. "똑똑한 O" "없는 O이 났다."

그때 발급된 카드가 있어 1년 중 4개월 정도의 입원 생활도 별로 염려할 것 없이 된 것은 모두가 군수님 덕분이었다. 그리고 덧붙여 군수님은 직원들에게 내가 다른 것도 부탁하면 특별히 들어주라고 말씀하셨다고 한다. 그래서 이후에 생업자금이 나왔을 때에도 대출도 해 주시며 선처를 하셨다.

군수님이 또 동네 사람에게 나의 보증을 서 달라고 대신 부탁을 해 주시기도 했다. 그런 과정에서 동네의 몇몇 사람들이 욕을 하기도 하고 방해를 놓았는데 그중에서도 작심을 한 것처럼 훼방을 놓은 사람이 있었다. 어느 국회의원의 참모인 B라는 사람이었다. 그는 생업자금 대출을 받을 수 있도록 보증을 서려고 했던 사람에게 찾아가 "저런 여자 뭘 믿고 보증을 섭니까? 함부로 보증서지 마세요."라며 극구 말렸다.

군수님의 부탁으로 보증서려 했던 사람이 "형식적으로 서 주는 건데 어때요? 또 모든 책임은 군수님이 다 지겠다고 했는데요." 하는데도 굳이 서 주면 안 된다고 만류했다.

그렇게 훼방을 놓는 것을 보면서도 아무 말도 할 수 없었다. 오직 하나님께만 기도할 뿐, 어떤 방법도 없음을 깨달을 뿐이다. 그때 읽은 부분이 대부분 시편이었는데 그중 한 구절이 특히 가슴에 와 닿았다.

> 그 이웃을 그윽히 허는 자를 내가 멸할 것이요, 눈이 높고
> 마음이 교만한 자를 내가 용납지 아니하리로다.(시편101편5절)

이 구절을 읽고 있으면 참 많은 위로가 되었다. 하나님이 내가 당하는 억울함도 아실 것이고, 또 갚아 주실 것이라는 마음으로 견딜 뿐이었다.

며칠이 지나고 꽃 장사를 하고 집에 돌아오는데 동네 사람들이 어두운데도 길에 쭉 앉아 있었다. 지나치면서 들으니 자기들끼리 수군거리는데 "저 예수쟁이를 해롭게 하니까 그런 일이 있지." 한다.

이튿날, 한집에 사는 사람을 통해 들은 얘기로는 국회의원 참모 B 씨가 아침에 집에서 키우는 소를 산에 끌고 가 나무에 줄을 걸어 매 놓고 왔다가 해가 진 후에 끌고 오려고 갔더니 해산달이 가까운 그 소가 물웅덩이 옆에서 줄에 목이 칭칭 감겨 죽어 있더라는 것이다. 내일 모레 새끼를 낳을 소가 죽어버린 것이다. 꼭 누군가가

일부러 감은 것처럼 온몸에 줄이 감겨 있어 그 광경을 본 모든 동네 사람들이 "대출 못 받게 훼방을 놓더니 그렇게 되었다."고 말들을 했다고 한다.

참모 B 씨는 그 일이 있은 후부터는 나를 보면 뭔가 구린 표정을 하고 기가 죽어 힐끔거리며 피했다. 그러나 악한 사람인지라 또 며칠 지나 우리가 세 들어 사는 주인집에 찾아와 집주인을 보고 "방세도 잘 안 내는 사람을 왜 내쫓지 않느냐." 며 부추겼다.

시간만 나면 우리를 괴롭히는 그를 어찌할 수도 없어 당하고만 있는데 이틀 뒤에 참모 B 씨가 자신의 집 앞에서 독사에게 발뒤꿈치를 물려서 병원에 입원을 했다는 말이 들렸다. 이 일로 온 동네 사람들이 말들이 많았다. 그 사건 후부터는 참모 B 씨는 나를 멀리서 보기만 해도 피했다.

사람들은 "예수쟁이를 건드려서 화를 당했다"고 수군거렸다. 이장도 참모 B 씨도 멀찍이서 나를 보기만 해도 염병환자를 보듯 얼굴을 돌리며 못 본척하거나 피했다.

이 모든 일을 겪으며 다시 한 번 깨닫게 된 것은 하나님은 우리가 억울한 일을 당할 때 방관하시는 분이 아니라는 것이었다. 다윗의 기도가 내 기도가 되었을 때 하나님은 이처럼 틀림없이 행악자에게 대신 갚아주셨다.

하나님이여 나를 보호하소서, 내가 주께 피하나이다.(시편 16편1절)

16. 어머니의 죽음

흉한 꿈에 시달리다 깨어난 아침, 친정어머니가 뇌일혈로 쓰러지셨다는 연락을 받았다. 병원에 도착해서 보니 중환자실에 누워 있는데 이미 의식불명의 상태였다.

어머니는 갑상선 기능항진증에다 간경화증으로 오래 앓으셨다. 심장에는 기계가 부착돼 있었고, 코에는 산소호흡기, 그리고 꽂을 데가 없어 발가락에 링거를 꽂아 놓았다. 옷 하나 입지 않고 벗은 몸에 대변과 소변을 받아내기 위해 기저귀만 채워 놓았다. 내가 부르는 소리에 잠결엔 듯 응, 하는 한 마디만 하시고는 이후로 한 마디 말도 못하셨다.

혹, 의식이 돌아오면 마지막 순간이라도 예수님을 영접할 수 있도록 전해보련만 너무 늦었다. 다른 많은 사람을 전도한 나였으나 정작 내 어머니가 돌아가시기까지 나는 주님을 전하지 못했으니…….

"주님 한 번만 기회를 주십시오. 어머니를 아직도 주님께 인도하지 못했습니다. 이제 한 번이라도 의식을 돌려주셔서 주님을 영접하게 하여 주시옵소서. 차라리 내 목숨을 거두어 가시고 어머니를 영생의 길로 인도해 주시옵소서."

나는 그칠 새 없이 흐르는 눈물을 어머니의 침상에 떨어뜨리며 간절히 하나님께 구했다. 그러나 어머니는 보름간을 의식도 없이 지내다 세상을 뜨시고 말았다. 장례를 치르고 몇 개월을 나는 죽은 목숨처럼 살았다. 어머니가 지옥 불에 가시는 걸 버려두고 있었던 나는 얼마나 큰 죄인인가. 불과 얼마 전에 예수를 믿게 된 것이 너무도 안타까웠다.

여섯 남매 중 나를 유독 아끼시고 사랑하셨던 어머니. 지난 세월을 돌아보니 어머니가 내게 베푸신 그 사랑이 얼마나 컸었는지……. 생각할수록 그 사랑에 목이 메었다. 나는 전혀 음식을 먹지 못하고 눈물로 나날을 보냈다. 이제 와서 후회해본들 이미 돌아가신 분이 아닌가.

태어나면서부터 어머니 마음을 아프게 했고 가슴 졸이게 하였으니 나는 불효녀 중에서도 불효녀라 할 수밖에 없는 딸이다. 전쟁 중에 태어난 핏덩이인 나를 안고 피난길에 나서게 했고, 초등학교에 가기도 전, 몇 번을 연탄가스 중독으로 생사를 헤매어 어머니 마음을 아프게 해드렸다. 더 자라서 아홉 살 때는 오른쪽 발목이 잘리는 사고를 당해 근 4개월을 행여 못 걷게 될까 하여 마음 졸이게 해 드렸으니……. 그 후로도 수 없이 많은 죽음의 고비에서 나는 어머니 얼굴에 주름을 하나씩 그어 드리는 불효를 하였다.

다시는 만날 수 없는 어머니.

내 속 어디에 그 많은 눈물이 숨어 있었는지 나는 눈물로 나날을 보냈다. 그리고 어머니를 생각할 때마다 지옥 불을 떠올리며 몸부림을 쳤으나 어떻게도 어머니를 대신할 수 없는 아픔만 뼈저리게 느낄 수밖에 없었다. 남을 전도하는 것도 좋지만 먼저 내 부모, 내 형제를 하나님께로 인도하지 못한 것을 하나님 앞에 서는 날, 어떤 말로 변명할 것인가.

지금도 어머니를 생각할 때마다 슬픔으로 목이 멘다.

패각 줍는 것과 끼우는 일은 한여름 뜨거운 볕 밑에서 하게 되므로 일을 하다가도 숨이 턱턱 막혀 잠시 그늘을 찾아 앉아 쉬기도 하고 냉수를 마셔가며 해야 한다.

그날도 패각을 뜨거운 볕에서 줍다가 숨이 막히는 증세를 느꼈으나 중도에 그만둘 수도 없어 겨우 버티며 일을 하다가 어두워질 무렵에야 하루 일을 끝내고 집으로 돌아왔다. 어질어질한 증세까지 느껴지는 게 예사롭지 않았으나 대충 씻고는 밥을 한 술 뜨는 둥 마는 둥 하고 잠자리에 들었다.

몇 시나 되었을까. 한밤중에 심한 고열과 머리가 터질 것 같은 격심한 두통으로 잠에서 깨어났다. 일어나 요강에 소변을 보는데 벌건 피 같은 오줌이 쏟아진다. 그러고는 그대로 엎어지듯 옆으로 쓰러졌다.

어떻게 날이 샜는지 모를 정도로 새벽 내내 통증에 시달리다가 아침을 기다려 병원에 갔다. 진찰을 하고 나서 의사가 '사구체신염'으로 뜨거운 햇빛 속에 오래 있으면 더위를 마셔서 생기는 병이라고 설명을 한다.

"급히 입원을 해야 되는데 보호자가 있어야 됩니다."

아픈 몸을 이끌고 집으로 돌아와서는 보호자를 구할 수 없어 망설이다가 어렵게 목사님께 부탁을 드려보았다.

"내가 남편입니까?"

냉정하게 대답하신다.

이제 교회 나간 지 얼마 되지 않은 초신자인 나에게 비쳐진 목사님의 그 모습과 냉랭한 대답은 한마디로 실망스러웠다. 거절을 당하고 금방이라도 쓰러질 것 같은 몸으로 몇 안 되는 아는 사람들에게 일일이 전화를 했다. 그중 한 사람이 직장에서 일을 하다가 병원으로 달려와서 사인을 해 주고 갔다. 믿지 않는 사람인데도 기꺼이 보호자를 자청한 것이다.

입원을 하고 보니 따로 아이들을 둘 데가 없어 병원 보조 침대에서 재우고 함께 병원에 있기로 했다. 의료보호 환자인지라 입원비는 크게 신경 쓸 일이 없겠고 약간은 홀가분한 마음으로 입원수속을 마쳤다. 그러나 입원한 지 며칠이 지나고 치료를 계속 받는데도 병세는 호전될 기미가 보이지 않고 점점 증세가 더 나빠져 갔다. 온 얼굴이 부으며 일그러지기까지 했다. 호전되지 않는 병세에 의사가 초조해하는 것을 보면서도 정작 본인인 나는 태연해졌다. 죽음을 두려워하는 것은 그만큼 남겨두고 가는 것이 많아 그게 아까운 탓이라고 생각할 때 나처럼 가진 것 없고 미련 둘 것 없는 사람은 세상에 남겨두고 갈 것이 없어 두렵지 않은 것이라고 정리가 되어졌다.

죽음도 두렵지 않았다. 그러나 막상 혼수상태가 오기도 하고 정신이 희미해지기도 하는 위험한 고비에서는 두 아이 때문에 평생을 누워서 지내더라도 살 수만 있다면 살고 싶기도 했다. 부모로서의 의무감이기도 할 것이다.

어느 날 또 다시 혼수상태에 빠져 들어갔다. 얼마만큼 시간이 지난 지도 알 수 없으나 문득 정신을 차리고 보니 보조 침대에서 새우처럼 웅크리고 자고 있는 아이들의 모습이 눈에 들어왔다.

'내가 죽으면 저것들은 어디로 가나' 싶어 기도를 해야겠다는 생각으로 보조 침대 쪽으로 내려갔다. 말이 내려 간 것이지, 떨어졌다고 하는 표현이 옳겠다. 거기서 엎드려서 식은땀을 줄줄 흘리며 앞

뒤 순서도 없이 정신까지 맑지도 않은 상태에서 두서없는 기도를 드렸다. 그중 기억나는 내용은 이랬다.

"일어나서 걸어 다니지 않아도 좋습니다. 누워서 지내더라도 좋으니 내 눈으로 아이들이 커 가는 것을 지켜볼 수만 있게 해 주시면 평생 동안 하나님을 전도하겠습니다."

기도라고 중얼중얼하다가 정신을 놓아 버렸다.

눈을 뜨니 희미한 의식 속에서도 몸이 훨씬 나아졌다는 것이 느껴졌다. 퇴근도 하지 못하고 나를 지켜보고 있는 의사가 눈에 들어왔고 주위에 여러 명의 간호사가 서 있는 것이 눈에 들어왔다.

한 간호사가 내가 눈을 뜨는 것을 보고 소리를 쳤다.

"아줌마, 정신이 들어요?"

다른 간호사가 또 옆에서 반색을 하며 말했다.

"어머! 아줌마. 얼굴이 제대로 돌아왔어요."

그 말에 손을 내밀어 얼굴을 만져보니 부어 일그러졌던 얼굴이 부기가 쏙 빠지고 비틀어진 데 없이 바로 돌아와 있었다.

내가 정신을 잃고 쓰러지고 난 후에 병원 측에서는 부산의 큰 병원에 전화를 해 구급차를 불렀다고 했다. 부산으로 보내서 마지막으로 수술을 한 번 받게 하자는 결론을 내고 구급차가 올 동안 임기응변으로 페니실린 주사를 놓았다고 한다. 그런데 뜻밖에 내가 정신을 차리고 깨어난 것이다.

하나님은 나의 기도를 들으시고 살리신 것이라는 생각이 순간적으로 들었다. 하나님의 허락 하에 약도 주사도 듣는 것이라는 걸 알기 때문이다.

이때부터 빠르게 병세가 호전되기 시작했다. 몸이 나아지기 시작하면서 하루 종일 기도와 찬양으로 하나님 앞으로 나아갔다. 그때

즐겨 부르던 찬양이 있는데 '주여 내 주여'이다.

1. 거친 세상에 길 잃고 헤매다 의지할 곳 없어서 죄 짐 지고 왔어요. 주여, 내 주여, 이 몸 받으소서. 눈물 흘리며 애원합니다. 무릎 꿇고서 나 회개 하오니 내 기도 들으사 날 구원하소서.

2. 오랜 세월을 주 떠나 살다가 주님이 그리워 다시 돌아 왔어요. 주여, 내 주여, 이 몸 받으소서. 눈물 흘리며 애원합니다. 빛을 주소서. 캄캄한 내 마음에 단비를 내리사 날 구원하소서.

찬양과 감사로 하나님 앞에 끊임없이 올렸더니 하나님이 나를 살리심으로 드디어 퇴원을 하게 되었다.

그러나 이후로 8년간을 각별하게 건강에 신경을 써야 했다. 하나님이 살리셨더라도 사람 편에서 몸을 잘 관리하는 것도 중요한 것이기 때문이다. 조금만 피곤해도 쌀뜨물 같은 오줌이 나오면서 두통과 고통이 왔다. 그래서 음식도 싱겁게, 맵지 않게 먹어야 했고, 조금만 얼굴과 몸이 부어도 병원으로 가 치료를 받아야 했다.

8년의 세월이 흐른 후에는 더 이상 어떤 증상도 없이 깨끗이 나았다.

히스기야가 하나님 앞에 기도해서 15년을 생명 연장을 받아 살았다고 했다. 나 역시 하나님 앞에 기도함으로 30년째 생명 연장을 받아 지금도 살아 있다.

나를 살리신 하나님이 이 세상 어느 누군들 살리시지 않으시겠는
가. 모든 고통과 질병에 있는 분들이 그런 은혜를 동일하게 입기를
바라는 마음이다.

18. 실패

서서히 몸이 회복되어 감을 느끼며 무언가 일을 해서 돈을 벌어
야겠다는 생각이 들었다. 평소 지나치는 길에 보아두었던 공터가
있어서 수소문으로 주인을 찾았더니 월세로 세를 주겠다고 허락을
했다. 마침 그 근처 일수 돈을 빌려주는 사람도 있어 장사 밑천을
빌려 달라고 이야기를 했더니 초면인데 뜻밖에도 쉽게 돈을 빌려
주었다.

빌린 돈으로 전에 하던 꽃 장사를 다시 시작했다. 그때 당시 큰아
이는 6살, 작은아이는 1살이라 먼 서울까지 업고 걸리며 꽃을 구입
하러 다녔다.

서울의 말죽거리, 서초동, 그리고 부산의 구서동까지 안 가는 곳
없이 다니며 꽃을 도매로 사다가 장사를 시작했는데 그렇게 잘될
수가 없었다. 한 삼 년만 이렇게 벌면 부자 되겠구나, 싶었다.

간이 나빠 입원했다가 퇴원한 지 얼마 지나지 않았고, 황달만 빠
졌지, 아직 완치되지 않은 몸인데도 아이들과 살아보려고 나름대로
열심히 뛰어 다녔다.

가까운 이웃 도시까지 꽃을 한 차씩 싣고 가서 노점장사도 했다.
노점장사를 할 때는 아이를 안고 꽃 옆에서 며칠씩 잠을 자야 했으

나 장사는 점점 잘 되었고, 그러면 이참에 크게 벌어보자는 마음으로 욕심을 내어 빚을 또 내고 고급 화분과 비싼 꽃들을 더 많이 사들였다. 도박하는 사람의 심리처럼……

그리고 거제도로 그 꽃들을 가지고 장사를 하러 갔다. 겹겹이 포개고 포개어 한 트럭 가지고 간 꽃을 사흘 안에 다 팔고 오리라 예상하고 갔지만 첫 날에 생각보다 조금밖에 팔지 못한 채 밤이 깊어갔다.

잠을 자려고 불빛 있는 곳을 찾아 자리를 잡고 누웠는데 새벽 즈음에 빗방울이 듣기 시작하더니 계속 비가 내렸다. 그래서 아이를 비 맞히지 않으려고 근처 여관에 들어가서 잠시 잠을 자게 되었다. 두세 시간쯤 잠을 자고 나오니 그 사이에 꽃이 하나도 없이 깡그리 사라져 버렸다. 누군가가 차를 대어놓고 실어 담고 달아난 것이다.

없어진 꽃을 찾아 미친 것처럼 근처를 돌아다녀 보았지만 흔적도 없었다. 파출소를 달려가 도난 신고를 했다. 그런데 순경이 여러 군데로 전화를 해 보더니 "조금만 일찍 신고했으면 검문소에서 잡을 수 있었을 텐데 늦었습니다." 하는 것이다. 순간 '나는 이제 어떻게 집으로 돌아가야 하나' 하는 심정으로 막막했다. 당장 빚쟁이들은 돈 받으려고 올 텐데……

잃어버린 꽃을 찾아 헤매다 집으로 오니 돈을 빌려준 사람들이 모여들었다. 그중 제일 돈을 많이 빌려준 한 할머니는 충격을 받아 거의 실신상태까지 이르렀다.

그 다음 날부터는 여러 명의 빚쟁이들이 너나없이 꼭두새벽에 집으로 찾아왔다. 혹시 야반도주라도 할까봐 전전긍긍하는 게 느껴졌다. 그렇게 한 달, 두 달, 시달리고 시달렸다.

이미 내 이름 앞에는 사기꾼이라는 수식어가 붙은 지 오래다. 그러다가 받을 기미가 없어 보이자 몇 사람은 발걸음이 저절로 뜸해졌고, 할머니 한 분만이 날마다 이른 아침에 오셔서는 온 동네가 시끄럽도록 욕설을 퍼 부었다.

"꽃 도둑맞았다는 것도 거짓말이지? 이 사기꾼아."

아무리 진실을 말해도 오해하고 곡해했다.

날마다 빚에 시달리며 피곤하고 지친 심령으로 살아가는데 그 즈음, 주일만 되면 여 집사 한 사람이 찾아왔다. 마루 끝에 앉아서 교회에 가자고 전도를 하는데 주마다 헛수고를 하면서도 계속 왔다.

그때의 솔직한 심정은 나 같은 사람이 예수 믿는다고 교회 나가면 나 때문에 교회가 욕을 들을 것 같았다. 남의 돈 떼먹었다는 소문과 병든 모습으로는 딱 예수 욕 듣기기 좋겠다는 생각이 들어 빚을 다 갚고 몸도 건강해지면 그때 교회에 가겠다고 했다. 그랬더니 빚 문제, 건강 문제는 교회 다니면서 기도하라고 하며 더 간곡히 전도한다.

그렇게 서로 버티기를 두 달. 주마다 찾아오는데 못 견딜 노릇이었다. 그래서 '그래, 교회 나가주자. 그 대신 교회 가서 교회 허물을 하나 찾아내서 이래서 교회 안 다닐랍니다, 하고 발을 떼자.' 생각을 하고 일단은 교회를 나갔다.

흠을 찾기 위해서 그렇게 나갔는데 흠을 찾지 못한 채 한 주가 지나고 두 주가 지나갔다. 뭐가 꼬투리를 잡으려고 애쓰는 내게 드디어 걸려든 게 있었으니 목사님의 설교였다. 주마다 "사랑하라, 원수까지도 사랑하라." 하시는데 반감이 생겨났다.

'아이구, 목사님. 목사님은 원수가 없어서 그런 말씀 하시지만 내 입장이 돼 보세요. 원수가 사랑이 되는지.'

시어머니로부터 당한 모든 일들이 다시 기억이 나면서 용서란, 사랑이란, 내 사전에 턱도 없는 것이라고 마음속으로 대꾸를 했다.

그러나 그 문제보다 지금은 우선 갚아야 할 빚 문제가 가장 큰 숙제다. 날마다 독촉을 당하며 내가 할 수 있는 것은 시편을 읽고 잘 하지도 못하는 기도를 하는 것뿐이다. 그러나 아무리 기도를 해도 어떤 일도 일어나지 않는다. 해결될 기미는 보이지도 않는다.

그 시절 초신자인 나의 상식으로는 빚 문제를 기도하면 하나님이 역사하셔서 누군가 돈을 빌려주거나 도움을 주거나 그렇게 해결될 줄로 알았다.

빚쟁이들에게 시달리며 몇 달이 흘렀다. 이제 할머니는 고발해서 처넣겠다고 난리다.

기도를 해도 빚은 보이지 않고 그런데도 기도만 할 뿐 다른 어떤 대책도 없다. 앞이 캄캄한 상태다. 서서히 몸도 다시 아프기 시작한다.

> 나는 가난하고 궁핍하오니 하나님이여 속히 내게 임하소서. 주는 나의 도움이시오, 나를 건지시는 자시오니 여호와여 지체치 마소서.(시편70편5절)

19. 탕감

그날도 할머니가 빚 독촉하러 오셨다. 마루 끝에 털썩 앉으시더니 바가지에 냉수를 가득 떠 달라고 하신다. 물을 한 바가지 떠서 드렸더니 그 많은 물을 벌컥벌컥 다 들이키시고는 입을 여셨다.

"꽃나무 도적맞은 거 정말인가 싶어 파출소에 가서 확인해보고 왔다. 신고 받은 경찰관이 그 아주머니 도난 신고를 하러왔는데 충격으로 미친 사람 같습니다, 하더라. 그동안 욕한 거 미안하다. 돈 있으면 안 갚을 사람도 아닌데 내가 너무한 것 같다. 이제 안 받으러 올 테니 후에 잘살게 되거든 그때 본전만 갚아라." 하시며 일어나서 가시는 것이다.

나는 순간적으로 내 귀를 의심했다.

"주여, 내가 잘못 들었습니까? 어찌 이런 일이……."

그렇게 할머니는 포기를 하고 가셨다.

"다음에 잘살거든 원금만 갚아라."

가시는 할머니 등 뒤에 대고 내가 말했다.

"제가 돈을 갚으러 갔을 때 할머니가 안 계시면 어떻게 합니까?"

"받을 사람이 죽었는데 갚기는 왜 갚아, 그때는 안 갚아도 된다."

얼마 후 할머니는 돌아가셨다. 엄청난 감면의 은혜를 입었는데 아직도 못 갚았다.

기도를 해도 해도 돈이 생기지 않더니 결국은 탕감을 받게 하시는 놀라운 하나님의 섭리가 신기할 뿐이었다.

여호와께서 빈궁한 자의 기도를 돌아보시며 저희 기도를 멸시치 아니하셨도다. (시편102편17절)

우리 하나님이 우리를 위해 행하시는 모든 일들이 인생의 지혜로는 감히 가늠할 수도 없는 일들이 많으며 그 베푸시는 기적을 셀 수 없음을 고백하며 감사를 드릴뿐이다.

점포에서 장사를 하다가도 때때로 꽃을 한 트럭씩 싣고 거제도로 가서 난전에서 팔기도 했다. 그날도 고현시장 근처 오후 장에서 장사를 하고 있는 사이 7살 된 큰딸이 2살짜리 제 동생을 데리고 근방으로 놀러갔다. 그런데 장사하는 엄마를 생각해서 동생을 데리고 논다고 갔던 아이가 잠시 후에 도로 돌아왔다. 아이의 뒤쪽으로 어른들이 여러 명 함께 걸어오는데 그들의 얼굴빛이 심상치 않았다.

가까이 와서 자초지종 경위를 설명하는데 들으니 아이가 동생의 자전거를 밀고 걸어가는데 뒤에서 달려오던 2.5톤 트럭이 아이의 왼쪽 발등을 질끈 누르며 스쳐 지나갔다고 한다. 근처에서 채소를 팔고 있던 할머니들과 아주머니들이 그 현장을 목격하고 운전사가 달아날까 봐 운전사를 끌고 함께 나를 찾아왔다는 것이다.

그때야 쳐다보니 한 남자가 후들후들 떨며 나를 바라보는데 얼마나 놀랐는지 말을 제대로 하지 못한다. 겨우 진정을 하고 나서 자신의 전화번호를 적어주며 아이를 데리고 병원으로 가자고 권한다.

떨고 있는 그 남자를 보니 측은한 마음도 들고 또 아이의 발목을 보니 자주색으로 울긋불긋하게 전체가 멍들었으나 걷는 것도 괜찮아 보여 도리어 걱정하지 말라고 위로해서 보냈다. 보고 있던 사람들이 입을 모아 운전사를 보내면 안 된다고 만류했지만 그를 보내고 아이를 지켜보았으나 별일 없었다. 음료수를 몇 겹으로 쌓아올린 그 대형트럭이 아이의 발등을 지나갔는데도 아무 이상이 없었다.

사람의 상식으로는 이해가 되지 않는 이 일을 두고 무조건 하나님의 보호하심이라는 말만 할 수밖에 없었다. 사지에서 아이를 특별히 보호해 주신 하나님의 살피심이 아니면 얼마나 큰 부상을 입었을 것인가. 하나님의 초자연적인 손길이 그 순간 트럭을 들어 올렸으리라는 생각이 들었다.

천사를 보내사 위경에서 구원하시는 하나님의 불꽃 같은 감찰하심을 다시 한 번 느꼈다.

Part 3

기 적

PART 3
기 적

21. 기적

한여름 뜨거운 뙤약볕에도 불구하고 또 꽃을 한 차 싣고 거제도로 향했다. 차가 없었던 나는 꽃을 팔러 갈 때마다 자주 신세를 지던 청년을 불러 늘 그 트럭을 사용했는데 그날도 함께 꽃을 싣고 거제도로 향했다.

참 성실하고 착했던 이 청년은 나에게 많은 도움이 되었다. 짐만 싣고 가는 것이 아니라 조금이라도 시간이 있을 때는 내가 장사할 동안 작은아이를 좀 봐주기도 하고 장사도 거들어주기도 하며 고달프게 살아가는 나를 안타까이 여겨 형제 같은 정으로 대했다.

돌아보면 정말 좋은 사람들이 내 곁에 알게 모르게 있었던 것 같다. 내가 모르는 사이에도 하나님은 요소요소에 나를 위해 좋은 사람들을 배치해 놓으셨던 것이다.

그날도 둘이서 거제도로 넘어가던 길목에서 한 순간 청년이 급정

거를 하면서 핸들에 머리를 기대고 엎드려졌다. 순간적으로 사고구나 싶었다. 너무 놀라 가슴을 진정시키고 차 밖으로 나가려는데 운전석 옆 창문을 두드리며 한 아저씨가 다가왔다. 그런데 만면에 웃음을 띠우고 빨리 문을 열라고 한다.

창문을 내리니 "당신들 천운이요. 나와서 한번 봐요. 하늘이 돌보지 않으면 이런 일이 있을 수 있겠소?" 한다.

그때서야 정신을 차리고 청년과 내가 차 밖으로 나갔다.

아저씨가 가리키는 차바퀴 쪽을 보니 서너 살쯤 된 여자아이 하나가 바퀴에 아슬아슬하게 머리가 닿은 채 엎드려 있었다. 우리도 놀랐지만 아이도 놀란 눈으로 우리를 바라본다. 어쩌면 그렇게 아슬아슬 1cm도 채 떨어지지 않게 바퀴에 닿아 있는지……

아이는 좀 놀랐을 뿐이지, 상처 하나 없었다. 아이를 차 밑에서 끄집어내 진정을 시켜 아저씨에게 인계하고 인사를 한 후 다시 출발했다.

가는 차 속에서 청년은 횡재를 한 사람처럼 기분 좋은 웃음을 한바탕 웃더니 "아줌마는 하늘이 지키는 사람인 것 같아요. 이런 사고를 당해도 아무 일 없는 걸 보면." 한다.

비록 사고는 있었지만 특별한 하나님의 역사가 있어 정말 놀랍고 놀라운 날이었다.

"그런 하나님을 한번 믿어보는 선 어떻습니까?"

기회를 이용해 전도를 할 수 있었다.

거제도에서 꽃을 팔고 나서 집으로 돌아오려고 시외 주차장으로 가는 길에 두 살 된 작은딸이 앞장서 달리다가 공중전화 박스 귀퉁이에 넘어져 눈을 다쳤다. 일으켜 세워보니 눈에서 피가 뚝뚝 떨어진다. 박스 귀퉁이가 알루미늄으로 뾰족하게 모가 져 있어 오른쪽 눈 위와 옆이 많이 찢어졌다.

들고 있던 수건으로 눈을 누르고 근처에 있는 병원으로 달렸다. 마취도 하지 않고 의사와 간호사 두 사람이 아이를 꼼짝 못하도록 잡고 누른 채로 여덟 바늘을 꿰맸나. 아이는 사지를 버둥거리며 죽을힘을 다해 소리치고 울었다. 생살을 마취도 않고 꿰매니 얼마나 아프겠는가.

의사의 말로는 마취를 하면 빨리 낫지 않는다는 것이다. 다 꿰매고 나서 아이를 일으키니 온 얼굴이 땀으로 범벅이 되어 있었다. 아이를 들쳐 업고 집으로 돌아가는 길이 너무 힘들고 마음까지 서글펐다.

이튿날, 자고 일어나서 맨 먼저 아이의 얼굴부터 살폈더니 눈이 통통 부어 눈알이 전혀 보이지 않는다. 가슴이 철렁 내려앉으며 '혹시라도 실명을 하면 어떻게 하나' 하는 걱정이 되었다. 이틀째 되던 날에도 여전히 부기가 빠지지 않아 두근거리는 가슴을 안고 제발 실명이 되지 않기를 간절히 기도했다.

며칠을 가슴 졸이며 지켜보는데 거의 일주일이 되어서야 부기가 빠지며 눈을 치켜떠서 나를 바라본다. 이쪽저쪽에서 손을 흔들어 물어보니까 제대로 구분을 해 그제야 마음을 놓을 수 있었다.

차츰차츰 나아가는 아이를 지켜보다가 생각하니 요 근래에 연이어 일어나는 사고가 심상치 않다는 깨달음이 왔다. 꼭 거제도로 꽃을 팔러가는 길이거나 팔고 돌아오는 길, 그리고 장사를 하고 있는 중에 계속되는 사고들이 이상하다는 생각이 어느 순간 드는 것이었다.

왜 거제에 가기만 하면 이런 일이 생길까? 다른 일을 해야겠다는 생각이 들어 마음이 무거워졌다. 남들처럼 되지 않는 건강으로 살아가는 것이 쉬운 일이 아니기 때문이다. 건강하면 무엇을 못하겠는가. 그러나 계속 이 장사를 할 수는 없다는 결론을 내리고 다른 일을 알아보기로 했다.

23. 기도대로

대구에서 통영까지 꽃나무를 팔러 다니는 집사님이 있었는데 집이 없던 나에게 "집을 사고 싶으면 이왕 달라고 하는 거 좀 더 좋은 집을 달라고 기도를 하세요. 나는 내가 기도한 그대로 집을 받았어요." 했다.

이야긴즉, 대구에서 기차를 타고 꽃을 팔러 마산으로 오는 길에 철로 변에 있는 다 쓰러져 가는 집을 보며, '저런 집이라도 있었으면…….' 하고 간절한 마음으로 기도를 드렸더니 하나님이 기도에 대한 응답으로 집을 주시기는 주셨는데 철로 변에 위치한 정말 다 쓰러져 가는 집을 사게 하셨다고 한다. 그런데 집은 기도대로 받았지만 시끄러워서 잠을 잘 수가 없다고 하시며 나를 보고 "집사님은 기도를 좀 큰 것으로 하라."고 하셨다.

많은 것을 생각하게 하는 간증이다. 하나님은 후히 주시기도 하
시지만 기도대로 주시는 분이시라는 것을 나타내는 간증이다.

24. 초신자 때의 꿈

어두운 밤길을 우리 교회의 온 성도가 줄을 지어서 동네를 가로
질러 걸어가고 있었다. 동네 사람들이 모두 나와 길 곁에 서서 우
리를 보고 있었고 맨 마지막에 내가 걸어가고 있었다. 모든 성도들
이 평상복을 입고 걷고 있는데 나만 혼자 흰 한복을 입었고, 등에
는 지게까지 매고 있다. 옷고름이 풀어질까 봐 조심도 되고 한복에
지게를 매고 있으니 지게 끈이 흘러내릴까 신경이 쓰여 불편하기가
말할 수 없었다.

'다른 사람들은 평상복에 저렇게 편하게 가는데 왜 나만 한복에,
지게까지 이렇게 메고 가야 되나.' 하며 구시렁구시렁 불평을 하는
데 그 순간, 밤하늘에서 흰 손이 내려오더니 등을 탁 내리치며 음성
이 들렸다.

"불평하지 말고 걸어가라. 네 앞에 꼭 한 사람이 같은 모습으로
걸어갔다."

그리고 온 성도들이 밤길을 걸어 어느 집사 집으로 귀신을 쫓으
러 간다며 몰려갔다.

해석이 도무지 되지 않는 꿈이었는데 그로부터 10여년이 흐른 후,
그동안 행방불명됐던 언니를 만나니 저절로 해석이 되었다. 서로가
소식을 모르고 사는 동안 언니는 목사로서 쓰임 받고 있었고, 또

나는 신학교에 재학 중인 학생의 신분으로 만나게 된 것이다.

꿈에서 내가 두 번째라고 하신 말씀은 목사로서도 두 번째지만 예수 믿는 것도 집안에서 언니 다음으로 두 번째라는 의미가 된다. 그리고 귀신 쫓는다고 몰려가는 것은 나의 사역이 귀신 쫓는 사역임을 말해주는 것이 된다. 이처럼 꿈을 함부로, 성급하게, 또 억지로 해석하지 않아도 때가 되면 상황을 통해 절로 해석이 된다는 것을 생각할 때 마음대로 해석하고 말하는 우를 범치 말아야겠다.

다니엘같이 몽조를 깨달아 아는, 하나님으로부터 오는 해석이 아니면 잠잠히 해석이 될 때까지 기다리는 지혜가 우리 모두에게 필요할 것이다.

25. 신앙이 식을 무렵의 꿈

경사진 오르막길이 있는데 한 길은 잘 포장된 길이고 한 길은 걷기 힘든 돌계단 길이었다. 나는 그중 돌계단 길을 올라가고 있었으며 잘 포장된 길을 보며 '저렇게 쉬운 길도 있는데 왜 나는 이렇게 힘든 길을 걸을까.' 마음속으로 생각을 하며 주저앉아 있었다. 다리가 천근만근 무겁고 아파서 더 설 수도 없었다.

그때 마침 길 곁에 있는 허름한 집을 발견하고 들어가니 소 외양간 같은 곳인데 바닥은 짐승의 분뇨와 젖은 지푸라기로 뒤섞여서 질척하고 냄새가 나는 정말 더러운 곳이었다. 그런데도 나는 그 더러운 곳을 남의 눈에 뜨일세라 깊이깊이 들어가 숨었다. 그때 환하게 켠 등불을 들고 누군가가 들어왔다.

"네가 어디 있느냐."

인자하고 불쌍히 여기는 음성으로 나를 찾아 들어오는 사람을 보니 맨 발에 흰 옷자락을 끌고 있었다.

아! 예수님이었다. 나는 더 깊이 숨었다.

"네가 어디 있느냐."

다시 한 번 눈물 젖은 음성으로 나를 부르셨다. 일어나보니 꿈이었다. 눈물 젖은 주님의 음성이 자꾸 귓가에 맴돌았다. 너무도 많은 시험 앞에 견디지 못해 주저앉아 있는 나를 꿈에서처럼 주님이 애타게 찾으신다고 생각하니 그 사랑에 절로 눈물이 났다.

지금도 생각하면 그 인자한 음성이 귀에 들려오는 것 같고, 가슴 뭉클했던 그때의 감동이 살아나면서 잊히지 않는다.

26. 마귀의 시험

교회 가까운 곳에 살던 K 씨는 막노동을 하고 사는 40대의 남자다. 그에게 전도를 했더니 생각지도 않게 아내와 딸까지 전도되어 일가족 세 명이 모두 교회에 잘 나왔다. 몇 주인가를 교회에 잘 나오더니 어느 주일인가는 보이지 않았다. 그래서 집으로 찾아 갔더니 술이 엉망진창으로 취해서 자고 있었다. 술이 깬 후에 다시 찾아가 왜 교회에 나오지 않았냐고 물어보니까 "괴롭습니다." 하며 눈물을 흘린다.

그는 본래 칠성줄을 타고 난 사람이라 했다. 말하자면 집안에 자식이 귀해서 그 부모가 절에 다니며 많은 불공을 드려 얻었다는 말이다. 그런 까닭에 이런 사람들은 예수를 믿기에는 방해가 많아서 힘들다는 말이 있다. 그의 말에 의하면 교회를 몇 주인가 나가고부터 밤에 꿈을 꾸면 큰 구렁이가 나타나서 "네가 예수 안 믿으면 내가 큰 공사를 주겠다." 하더란다. 처음에는 대수롭지 않게 생각하고 넘겼다고 했다.

"구렁이가 공사를 줘봐야 땅굴 파는 것밖에 더 주겠어?" 하면서 비웃어 주었는데 밤마다 나타나서 공사를 주겠다고 하니까 어느 날부터인가 갈등이 생기더라고 한다. 지금까지 너무도 가난한 삶을 살아 온 그에게는 그것도 뿌리칠 수 없는 유혹이었으리라. 아무리 부지런히 일해도 여전히 가난을 벗어 날 수 없는 현실이 그의 마음을 약하게 한 것이다.

사람의 가장 약한 곳을 노리는 사단 마귀는 그가 가난을 극복하기 위해서는 자신이 큰 공사를 하나 따서 일하는 것이 유일한 길이라고 생각할 때 틈을 타고 들어온 것이다. 이것은 꿈을 통한 마귀가 펴는 유혹이다.

마귀는 예수님이 금식하고 가장 주리실 때에 '돌을 떡으로 만들라'는 시험을 가지고 나타났다.

> 그때에 예수께서 성령에게 이끌리어 마귀에게 시험을 받으러 광야로 가사 사십 일을 밤낮으로 금식하신 후에 주리신지라, 시험하는 자가 예수께 나아와서 가로되 네가 만일 하나님의 아들이어든 명하여 이 돌들이 떡덩이가 되게 하라.(마태복음 4장1~3절)

마태복음서에 기록된 이 말씀은 우리가 가장 힘들 때 다가오는 마귀의 시험에 대해 정확하게 말씀한다.

이 K 씨 가정에도 가난한 환경을 틈타 마귀가 시험을 하는 것이다. 그래서 그는 '공사를 따서 잘살기 위해' 교회를 안 다니고 싶다고 말을 한다. 안타깝기도 하고 기가 막혀 K 씨의 꿈에 나타나는 구렁이는 마귀라고 말을 해 주었지만 괴로워하면서 전혀 듣지를 않는다. 그런데 그가 시험 들어 나오지 않은 주일에 비상사태가 발생했다. 그의 아내가 갑자기 배가 뒤틀리면서 구급차에 실려 진주에 있는 큰 병원에 실려 간 것이다. 다행히 수술을 받고 일주일 뒤에는 집으로 돌아왔다.

퇴원 후에 그 아내를 만나 보니 남편과는 달리 "한 번 믿은 것 끝까지 믿어 볼게요." 했다.

이제 그는 어찌할 수 없는 가운데 맨정신으로는 못 나오고 술이 잔뜩 취해서 교회에 나와 뒷자리에 앉았다. 여전히 갈등을 겪으면서 술을 마셔야 교회를 나올 수 있을 정도로 마음이 약해져 버린 것이었다.

교회를 안 나오자니 아내가 또 병들어 병원에 실려 가는 사태가 생길 것 같은 불길한 생각과 교회를 나오자니 공사 일이 안 생길 것 같은 두 가지 고민에 빠져 괴로워하는 그의 모습을 보자니 안타까운 마음이 들었다.

그러나 몇 개월인가를 그렇게 보내다가 성도들의 간곡한 권면과 목사님의 설교를 통해 서서히 달라지기 시작했다. 드디어 안정을 찾기 시작한 것이다.

지금은 어디에 사는지 모르지만 내가 평신도 시절에 전도했던 그 사람을 떠올리며 어디서라도 신앙생활 잘 하고 있기를 바란다.

27. 예수 이름으로 기도하라

평소에 알고 지내던 사람 중에 성당에 다니는 사람이 있었다. 미용실을 운영하는 원장인데 성당도 열심히 다니지만 미용기술로 봉사도 많이 하는 사람이었다. 또 손님이 없을 때는 늘 성경책을 읽곤 했었다. 지나는 길이 있으면 한 번씩 들르다보니 꽤 친하게 되었다.

어느 날 머리를 하러 미용실에 갔더니 "똑같이 기도를 하는데 개신교는 응답이 있고, 우리는 아무리 기도를 해도 응답이 없어요. 개신교는 달라고 기도를 하도 많이 해서 응답을 잘 받는 겁니까?" 묻는다.

그래서 올바른 기도법을 전해야 되겠다는 생각이 들었다.

"성당에서는 성모마리아 이름으로 기도를 하니까 기도응답이 없을 수밖에……."

"그러면 어떻게 기도해야 합니까?"

"성경에는 예수 이름이 아니면 하나님이 듣지 않으신다고 했습니다. 모든 기도는 예수 이름으로 해야 응답이 됩니다."

"우리는 마리아가 예수님의 어머니기 때문에 그 이름으로 기도를 하는데 그게 잘못된 겁니까?" 그래서 그분이 읽고 있는 성경책을 펴서 요한복음 말씀을 찾아 보여주었다.

> …… 너희가 무엇이든지 아버지께 구하는 것을 내 이름으로 주시리라.(요한복음16장23절)

"성경에는 예수 이름으로 기도를 해야만 들으신다고 했습니다. 그러니 오늘부터 기도를 드릴 때는 마지막에 예수 이름으로 끝을 맺

으세요."

그날 밤, 원장은 낮에 나에게 들은 대로 기도를 하고 마지막에 예수 이름으로 기도를 마치려는데 그 순간 여자 귀신이 불쑥 나타나더니 흘기듯 쳐다보며 "오늘은 왜 그렇게 기도를 해? 지금까지 안 하던 짓을……" 하더라 한다.

아무 생각 없이 기도하던 이분이 생각지도 않은 귀신의 출현에 얼마나 놀랐는지 기겁을 했다고 한다. 더 이상 기도를 할 수 없을 정도로 무서워서 벌벌 떨다가 기도를 끝내지 못했다고 한다.

다음날, 미용실에 들르니 전날 밤에 겪었던 이야기를 하며 더 이상 예수 이름으로 기도를 못하겠다고 말한다.

"그것 보세요. 지금까지 성모마리아의 이름으로 기도할 때는 귀신도 가만있지 않았습니까? 그건 기도가 아무 힘도 없었기 때문입니다. 그런데 이제는 귀신도 예수 이름이 두려워서 그 기도를 막으려고 나타난 겁니다. 무서워하지 말고 계속 그 기도를 해야 됩니다."

예수 이름의 권세를 다시 한 번 전하고 기도를 계속할 것을 거듭 권했다.

그날 밤, 원장은 무서움을 느끼면서도 한 번 더 시도를 해 보았다고 한다. 아니나 다를까, 어젯밤의 그 귀신이 다시 나타났다.

"아니 왜 자꾸 그래? 그런 기도하지 말라니까?"

무섭고 끔찍했지만 한 번은 극복을 해야겠다 싶어 눈을 뜬 채로 큰소리로 예수 이름으로 기도를 마쳤다.

이후로 비록 몸은 성당을 나가도 기도는 더 이상 성모마리아 이름으로 하지 않고 예수 이름으로 바꾸었다. 그랬더니 10여 년을 기도 제목으로 삼고 남편 구원을 기도해도 응답되지 않던 것이 2개월 만에 응답받아 남편이 예수를 영접하게 됐다. 그러나 개신교가 아닌 성당으로 나갔다. 부모로부터 3대까지 온 가족이 성당에 다 나가다 보니 어쩔 수 없다고 말한다. 그래도 혹시나 하는 마음에 교회를 나오라고 여러 번 권고를 했지만 뿌리박힌 성당에 대한 애착이 누구도 꺾을 수 없을 정도로 단호했다.

"그럼 기도라도 꼭 예수 이름으로 하세요." 하고 권했다.

예수께서 가라사대 내가 곧 길이요, 진리요, 생명이니 나로 말미암지 않고는 아버지께로 올 자가 없느니라.(요한복음14장6절)

너희가 내 이름으로 무엇을 구하든지 내가 시행하리니 이는 아버지로 하여금 아들을 인하여 영광을 얻으시게 하려 함이라.(요한복음14장13절)

다른 이로서는 구원을 얻을 수 없나니 천하 인간에 구원을 얻을 만한 다른 이름을 우리에게 주신 일이 없음이니라 하였더라.(사도행전4장12절)

28. 가슴 아픈 전도

구두 수선을 하러 수선 집을 찾아갔다. 시외주차장 앞에 자리 잡은 구두 수선 집은 가건물로 지어진 곳이었다. 구두를 맡기고 기다리며 앉아있는 동안 가게 주인과 이런 저런 이야기를 하게 되었다.

"어떻게 이런 가건물을 가지게 됐습니까?"

"왜요? 혹시 이런 가게가 필요합니까?"

"저는 옷 수선을 하고 싶은데 가게도 없고 돈도 없어서······."

"필요하면 제가 드릴 수 있습니다."

뜻밖의 대답에 혹시 장난으로 하는 말인가 싶었더니 주차장 옆에 또 하나의 가게가 있다고 말을 한다. 건성으로 건넨 말이 생각지 않은 수확이 되었다. 같이 가서 가게를 들여다보니 1평 반 정도의 작은 가게지만 위치나 모든 게 마음에 들었다.

"월세는 얼마 드리면 되겠습니까?"

"그냥 공짜로 드릴게요. 아주머니 아이들과 열심히 사십시오."

세를 내겠다고 해도 극구 사양한다.

"내일부터라도 문을 열고 쓰세요."

고맙다는 인사를 하고 열쇠를 받았다.

그렇게 해서 옷 수선 집을 열게 됐는데 시외주차장과 여관들이 바짝 위치해 있어서 수입이 제법 괜찮았다.

가게 주인인 K 씨는 37~8세의 젊은 남자로 어려서부터 고생을 하며 살아온 사람이라 남의 어려움을 헤아리는 마음이 깊었다. 가게를 세도 받지 않고 그저 주었을 뿐만 아니라 여러모로 신경을 써 주었다.

"아이들과 살 만큼 수입이 됩니까?"

걱정을 하며 점심때가 되면 같이 점심을 시켜 먹자고 우리 가게로 건너 왔다. 말이 같이 먹는 것이지, 밥을 늘 그가 샀다. 가게를 그냥 얻은 것도 고맙고 미안한데 점심까지 자주 대접을 하는 것이었다. 함께 밥을 먹는 날이 많아지면서 나는 빚 갚는 심정으로 전도라도 해야 되겠다 싶어 몇 번 예수 믿으라고 권했다.

"다른 말은 몰라도 예수 믿으라는 말은 마세요. 아주머니가 예수 믿으라고 말할 때마다 배가 아픕니다."

장난처럼 하는 말인 줄 알았다.

어느 날, 가게 문을 열려다 건너다보니 구두 수선 집에 그는 보이지 않고 웬 젊은 여자가 앉아서 구두를 닦고 있었다. 점심때가 지나도 그는 여전히 나타나지 않았다. 궁금하기도 하고 무슨 일이 있는 건 아닌가 해서 가서 젊은 여자에게 무슨 일이 있느냐고 물으니, 일어나서 인사를 한다.

"아, 아주머니가 우리 가게를 쓰는 분이에요? 애기 아빠한테 들었어요."

그의 처였다.

그녀는 남편이 두 달 전부터 음식을 먹어도 소화를 못 시키고 계속 배가 아프다고 하더니 병원에서 간암이라는 진단을 받았다고 전한다. 지금 입원해 있는데 곧 수술을 받게 될 것이라고 하며 눈물을 흘린다. 내가 예수를 전할 때마다 배가 아프다고 하더니 정말로 아팠던 것이다. 얼마 후에 그는 수술을 받았다.

그런데 간암인 줄 알고 수술을 시도했는데 가슴을 열고 보니 간암이 아니었다고 한다. 다시 봉합을 하고 위쪽이라고 그쪽을 열었더니 그도 아니었다 한다. 결국 4번이나 수술을 하다가 병원에서 죽고 말았다.

후에 그의 처에게 들으니 그곳에서 아픈 중에도 병원에서 드리는 예배에 꼭꼭 참석을 했다고 한다.

그가 세상을 떠나고 난 후에 가게는 그의 처가 나와서 일을 했다. 무슨 말로도 위로가 될 수 없는 상황에서 "어린 두 자녀와 그래도 힘을 내어 살아야 하지 않겠냐."는 말만 되풀이해야 했다.

갑자기 아빠를 잃게 된 두 아이는 아직도 어린 3살, 5살이었다. 그리고 젊디젊은 그의 처는 남편 죽음만으로도 충격인데 앞에 닥친 생활고 앞에서 슬퍼만 하고 있을 수 없었는지 여자로서는 하기 힘든 구두 수선을 하게 되었다. 나는 잠시 쉬는 시간을 틈타 그녀에게로 자주 갔고 함께 앉아 이야기를 하다가 슬그머니 전도를 했다. 그녀는 어이없는 남편의 죽음을 본 충격 때문인지 쉽게 신앙을 받아들였다. 그녀와 두 아이가 함께 전도됐다.

그러나 나에게 은혜를 베풀고 떠난 그의 여리고 선한 마음이 떠올라 가슴 아팠다. 구원은 받았을까? 예수님은 영접했을까? 전도는 했지만 생각해 보면 가슴 아픈 이야기다.

29. 더러운 영의 정체

어떤 남자를 전도할 때 겪은 일이다.

마주치게 될 때마다 교회 나오라고 권하는데 어느 날인가부터 나를 피해서 요리조리 도망을 친다.

하루는 달아나는 걸 잡아서 전도도 전도지만 불쌍한 마음에 밥이라도 대접해야겠다는 생각이 들어 점심을 대접하면서 같이 먹게 되었는데 이전과 다른 뭔가가 그에게서 느껴졌다. 밥을 제대로 넘기지 못하고 구토를 하기도 하고 슬픈 얼굴로 눈물을 흘리기도 해서 눈을 딱 맞추고 쳐다보니 눈알이 벌겋게 충혈되어 있다. 이건 귀신들림이라는 판단이 되었다.

"예수를 믿어야만 당신이 살아요."

"아, 나는 예수 안 믿어 안 믿어."

그런데 평소의 모습과는 확실히 다른 것이 느껴지며 목소리도 한 톤 낮은 음색이다.

그때다. 그 남자의 등 뒤에서 사악한 영적 존재가 하나 손을 쑥 내밀며 "내놔! 이건 내거야." 한다. 아주 예쁜 여자의 얼굴을 한 40 대 정도의 귀신인데 이 남자의 영을 잡고 있어 흡족한지 새빨간 입 술이 귀밑까지 찢어져서 웃는다.

"너! 어디서 왔어?"

"나? 공동묘지 동에서 왔다."

끔찍한 일이다. 전도현장에서 마주치는 이 영적인 실체.

알고 보니 이 남자가 이전에 40대의 아주 예쁜 여자와 재혼을 하 려고 사귀었는데 6개월 정도 교제를 하던 중에 여자가 자궁암으로 죽었다 한다. 그 후 이 남자는 죽은 여자를 못 잊고 한없이 슬퍼했 는데 더러운 악령은 이 남자의 슬픔을 틈타 죽은 여자의 모습으로 가장하고 나타나서 이 남자를 괴롭힌 것이다.

남자는 과거의 사랑했던 여자의 모습에 묶여 그 영이 자유롭지 못하고 밤낮없이 어디든 그 더러운 영이 이끄는 대로 끌려 다니면 서 생업도 팽개치고 제 의지와는 상관없이 아무 데나 나다니게 되 었다.

전도를 하던 중, 어느 날 그가 행방불명이 되었다. 집을 나갔다는 소식이 들렸다. 늙은 노모가 아들을 찾지 못해 발을 동동 굴렸지만 찾을 수가 없었다고 한다. 백방으로 수소문을 하던 중 달포 뒤 아 들로부터 전화가 한 번 왔는데 울면서 "어머니 찾지 마세요. 나는 죽을랍니다."라는 말만 하고 전화를 끊었다 한다.

이 사람의 경우와 같이 많은 영적환자가 귀신에 묶여 생각까지도 자의로 하지 못하는 것을 볼 때 유교사상이 깊은 이 나라 백성들이 조상귀신에서 놓여나지 못하고, 조상을 섬긴다는 명목으로 죽은 조상처럼 가장한 귀신에게 절하는 것을 효도라 생각하고 열심을 다하니 영의 정체를 알면 과연 그렇게 섬길 수 있겠는가 싶다.

특히 초신자 때 그런 일이 많은데 갓 예수를 믿어 교회를 나가면 꿈에 죽은 부모가 나타나서 "네가 예수를 믿으니 제사를 안 지내줘서 내가 배가 고프다." 하며 동정을 사려 하는데 이때 불효했던 사람일수록 자신의 지난 행동을 뉘우치는 마음에 가슴 아파하며 '과연 예수를 계속 믿어야 하나.' 갈등 속에 빠지게 된다.

마귀는 거짓의 아비라 했나. 속이는 데는 천재인 마귀는 할 수만 있으면 우리를 속이려고 교묘하게 위장하고 다가온다. 내가 사랑하던 죽은 사람의 모습으로 변장하고 나타나는 것이다.

> 대저 이방인의 제사하는 것은 귀신에게 하는 것이요, 하나님께 하는 것이 아니니 나는 너희가 귀신과 교제하는 자 되기를 원치 아니하노라. 너희가 주의 잔과 귀신의 잔을 겸하여 마시지 못하고 주의 상과 귀신의 상에 겸하여 참예치 못하리라.(고린도전서10장20~21절)

> 저는 처음부터 살인한 자요, 진리가 그 속에 없으므로 진리에 서지 못하고 거짓을 말 할 때마다 제 것으로 말하나니 이는 저가 거짓말장이요 거짓의 아비가 되었음이니라.(요한복음8장44절)

하신 하나님의 말씀처럼 마귀의 속임수에 넘어가서 예수님을 떠

나는 불행한 일이 없도록 말씀으로 무장하는 성도들이 되었으면
한다.

30. 하나님의 책망

교회에 나오시는 집사님 중에 굴 양식업을 하시는 분이 있어 혹
시 일꾼으로 써주실 수 없는지 조심스레 물었더니 흔쾌히 허락해
주셨다. 참 고마운 분들이다. 병든 사람을 일꾼으로 쓰는 게 쉽지
않을 텐데 말이다. 예수 사랑으로만이 가능한 일이 아닐까 싶다. 비
록 건강하지 못한 몸일지라도 그렇게라도 일을 하게 되어 조금이라
도 내가 벌게 되니 초등학생인 큰딸이 더 이상 시장에 나가 장사를
하지 않아도 되었다.

워낙 몸이 부실하여 일주일에 4일 정도밖에 일을 하지는 못하지
만 세 식구 굶주림은 면하게 되었다. 일주일에 4~5일을 일하고 토
요일이 되면 그동안 작업복으로 입었던 몸뻬를 벗어 굴 냄새가 나
지 않도록 깨끗이 씻어 밤새 널어 말려서 주일날 걷어 입고 교회를
나갔다. 옷이라고는 그것 한 벌뿐이니 몸뻬를 입을 수밖에 없는 것
이다.

주일날, 교회 가는 길에 만나게 되는 다른 집사님들은 모두가 옷
을 곱게 차려 입었다. 그중에서도 진 집사님 부부는 한복을 자주
입고 오는데 신혼부부같이 보기 좋았다. 나 같은 사람이 보기에도
이렇게 좋은데 하나님이 보실 때는 얼마나 더 예쁠까 싶었다. 그런
데 나는 작업장에서 일할 때 입던 옷을 입고 하나님을 뵈러가니 죄

송하고 부끄러웠다. 몸빼를 입고 교회를 다닌 지 두 달쯤 지났을 무렵이었다.

어느 날 사모님이 나를 사택으로 부르시더니 옷을 한 보따리 주셨다. 거의 새 옷에 가까운 최신 옷들이었다. 서울서 오신 멋쟁이 사모님이라 시골에서는 그 당시 볼 수도 없는 좋은 옷들을 많이 가지고 계셨는데 그중에서도 거의 새 옷에 가까운 것들을 골라 나눠 주셨다. 입을 옷이 마땅히 없던 중에 얼마나 기쁜지 고맙게 받아와서는 진열하듯 벽에 걸어놓고 주마다 이 옷 저 옷 번갈아 입으며 교회에 나갔다. 생활에 활기가 돌고 신바람이 났다. 역시 여자는 작은 장신구 하나, 예쁜 옷 하나에도 마음이 흔들리는 것인지 나 역시 별수 없는 여자였다.

'다음 주에는 어떤 옷을 입을까?'

골라 입는 재미에 빨리 주일이 왔으면 하고 기다려지기까지 했다.

어느 주일, 그날도 예쁜 원피스를 하나 골라 입고서 바삐 교회로 올라가고 있었는데 갑자기 뒤통수를 치듯 큰 음성이 들렸다.

"네가 나를 보러 오느냐. 옷을 보이려고 오느냐."

재빨리 주변을 둘러보았다. 아무도 없었다. 그런데도 얼굴이 확 달아오르며 무참하도록 부끄러웠다. 예배보다 더 중요시하는, 내 마음 깊은 곳에 숨어 있는 옷에 대한 애착을 주님이 보신 것이다. 단순히 옷을 입는 행위가 아니라 하나님보다 옷에 더 마음을 빼앗기고 있는걸 아신 것이다.

하나님은 단정하고 깨끗한 옷을 입고 하나님 앞에 나오시기를 원하시지, 옷에 정신이 팔려 온전히 예배에 마음을 드리지 못하는 것을 원치 아니하시므로 나의 그런 마음 상태를 책망 하신 것이다.

하나님은 영이시니 예배하는 자가 신령과 진정으로 예배할 찌니라.(요한복음4장24절) 하셨는데…….

아! 부끄러웠다.

지금은 그 시절보다 더 옷에 대한 개념이 개방적이라 몸에 찰싹 달라붙는 쫄바지, 민망스러울 정도로 가슴이 파인 T, 배꼽을 드러내는 짧은 상의, 아슬아슬한 길이의 짧은 바지나 치마를 입는데 문제는 교회에 올 때도 그러니 하나님이 보시기에 얼마나 민망스러우시겠는가. 예배에 맞는 조신스러움이 필요하다고 본다.

또 이와 같이 여자들도 아담한 옷을 입으며 염치와 정절로 자기를 단장하고 땋은 머리와 금이나 진주나 값진 옷으로 하지 말고…….(디모데전서2장9절) 하심같이 우리의 마음과 몸을 점검을 해 보는 것도 좋지 않을까?

이 글을 쓰는 지금도 그때를 생각하면 부끄러워진다.

Part 4

탕자를
기다리는 하나님

PART 4
탕자를 기다리는 하나님

이 지역에는 굴 껍데기에 구멍을 내어 줄로 묶는 패각 끼우는 일이 있다. 더러 부녀자들이 여름이면 이 일을 하게 되는데 나 역시 아픈 몸이지만 큰 아이를 학교에 보내고 나면 작은 아이를 데리고 일을 하러 갔다.

작은아이가 4살 때 일이다.

여름 뜨거운 햇볕에 천막조차 칠 형편이 못되어 아이와 그늘을 찾아 주춤거리며 서 있는데 이웃교회 집사님들이 큰 천막을 쳐 놓은 자신들의 작업장에 아이와 나를 들어와서 일하라고 호의를 베풀었다. 그래서 그늘에서 일을 하게 되었고, 아이는 작업반장의 선처로 사무실 직원들의 밥과 간식도 나누어 먹을 수 있게 되었다. 어른들이 일하는 곁에서 아이는 찬송 배운 것을 온종일 부르며 놀았다.

"찬송합시다. 찬송합시다. 내 죄를 씻으신 주 이름 찬송합시다."

곁에 집사님들도 아이와 함께 찬양하며 일을 하니 힘든 줄 모르고 일을 할 수 있었다.

어느 날, 모두가 패각을 주우러 천막에서 다 나가버린 후 아이는 혼자 남아 천막 안에서 여느 때처럼 찬양을 하고 있었다. 모두가 패각을 줍느라 얼마만큼의 시간이 흐른 줄도 모르고 있을 때 갑자기 저 멀리서 작업반장이 쏜살같이 뛰어가며 소리를 질렀다.

"○○아, ○○아."

죽을힘을 다해 다급하게 달려가는 곳을 쳐다보니 아이가 서 있는 주위로 천막을 받치고 있던 큰 나무 기둥들이 한꺼번에 우르르 무너지고 있었다. 아이는 아무것도 모르고 찬송을 계속 부르고 있었다.

"찬송합시다. 찬송합시다."

손뼉까지 짝짝 치며 열심히 찬양을 하느라 제 앞에 닥친 위험도 모르고 있었다.

패각을 줍던 사람들이 함께 뛰어가기 시작했다. 그러나 미처 사람들이 도착하기도 전에 천막은 무너지고 말았다.

그런데 그 순간, 정말로 기적과 같은 일이 일어났다. 그 큰 기둥들이 아이를 가운데 두고 주위에 소롯이 서로 기대어 모여 있는 것이었다. 먼저 뛰어갔던 작업반장이 그 순간 아이 앞에 무릎을 탁 꿇고 앉더니 감동의 눈물을 흘리며 엄지손가락을 하늘로 치켜세우며 큰 소리로 외쳤다.

"역시 하나님은 살아계셔."

찬양하는 아이를 지키신 하나님의 기적을 우리는 보았다. 아이는 상처 하나 없이 무사했다.

그날 작업반장은 고백을 하였다.

이전에 그는 고향인 전라도 어느 교회에서 아내와 함께 주일부 교사로 헌신하며 열심을 갖고 신앙생활을 했었다고 한다. 그런데 외동딸이 불의의 사고로 죽는 바람에 '하나님이 계시면 왜 우리 딸이 죽느냐.'고 원망을 하게 되었고 결국은 교회를 등지게까지 되었다한다. 이후로 그는 7년간을 하나님을 떠나 살아왔다고 고백했다. 그리고 눈물을 흘리며 다짐을 했다.

"이제 고향에 돌아가면 열심히 신앙생활 할랍니다."

4살짜리 어린 아이를 통해 전도를 하게 하신 하나님의 역사도 대단하지만 또 하나님은 전도하는 사람보다 전도 당하는 사람을 더사랑하고 기다리시는 분이란 것을 그때에 나는 깨달았다. 누가복음의 집 나간 탕자를 기다리시는 아버지 하나님의 그 사랑을 생활 속에서 발견하는 순간이었다.

> 이 내 아들은 죽었다가 다시 살아났으며 내가 잃었다가 다
> 시 얻었노라 하니 저희가 즐거워하더라.**(누가복음15장24절)**

32. 당산제

새해가 되면 시골에는 온 동네 사람이 동구나무 아래 모여 제를 지내는 풍습이 있다. 내가 사는 마을도 역시 당산제를 지낸다고 마을 전체가 큰일을 앞 둔 것처럼 술렁인다. 마을 뒤에 위치한 몇백 년 되었는지도 알 수 없는 아름드리 큰 나무에는 알록달록 여러 가

지 색깔의 천이 감기고 나름대로 단장이 시작되었다.

　그리고 그믐이 되어 갈 즈음부터 동네로 들어오는 입구를 일단 막아놓고 병원에서 어린애를 낳은 산모가 동네로 들어오지 못하도록 경고성 방송을 하기도 한다. 또 개고기를 먹지 않도록 주의를 주며 부정한 일이 생기지 않게 조심을 한다. 귀신에게 제사 지내는 것인데도 그렇게 나름대로 몸과 마음을 정결케 하는 데에 온 정성을 기울인다. 그리고 이장과 어른 몇 분이 집집마다 제 지낼 얼마씩의 돈을 갹출하러 다녔다.

　이 일을 두고 교회 집사님들 간에 의견이 분분했으나 대부분은 아무 말 없이 돈을 내기도 하고 조용히 따르는 모습이었다. 그러나 진 집사님은 평소의 깐깐한 성품대로 왜 예수 믿는 사람이 당산제 지낼 돈을 내느냐며 소신을 밝혔다. 거의 모든 교인이 좋은 게 좋다는 생각을 가지고 있는 것 같은데 유독 진 집사님만이 "이 일은 사생결단하고 신앙적 양심으로 싸워야 하는 일입니다." 하며 한걸음도 뒤로 물러서지 않을 태세다.

　나 역시 믿은 지 얼마 되지 않았으나 우상 숭배하는 데에 왜 돈을 내야 하느냐, 좀 우회적인 방법으로 차라리 동네 어르신들 음료수를 대신 사 드리는 게 좋지 않겠는가, 하고 말했더니 곁에서 듣고 계시던 전도사님이 얼굴색을 굳히며 언짢아하며 말하셨다.

　"시끄럽게 해서 좋을 게 뭐 있겠습니까? 그냥 교인들 전체가 모아서 드립시다."

　아, 실망스럽다. 초신자인 내가 내자고 해도 성도님! 그건 귀신에게 제사 지내는 것인데 그런 데는 절대 내서는 안 됩니다 하고 가르쳐 주셨으면…….

대저 이방인에게 제사하는 것은 귀신에게 하는 것이요, 하나님께 제사 하는 것이 아니니 나는 너희가 귀신과 교제하는 자 되기를 원치 아니하노라.(고린도전서10장20절)

33. 하나님, 당신은 죽었나이다

당산제 지내는 데 참여치 않으려고 소신을 밝히다가 진 집사님이 이장과 마을 어른들에게 구타를 당했다는 소문이 들렸다. 오후 늦게야 집사님을 만나니 소문과는 달리 싱긋이 웃는다. 알고 보니 구타당했다는 소식이 정말이다. 맞았다고 하면서도 웃는걸 보니 가슴이 찡해진다. 다른 사람에게는 작은 일일지 몰라도 신앙의 양심을 지키려다 당한 고난이라고 생각하니 새삼 우러러 보였다.

진 집사님의 사건이 있은 얼마 후에는 그 당산제 지내는 귀신나무 밑에 우리 가족이 쫓겨나가 살게 되었다. 일곱 달이나 밀려있던 방세와 집주인 아저씨의 노골적인 유혹이 그렇게 우리를 여름 장맛비 속으로 밀어내었던 것이다. 장마철에 비까지 주룩주룩 내리는데 길에 나가 앉게 되었으니 참으로 기가 막히는 일이 아닐 수 없다.

당산제 지내는 데 돈 낼 수 없다고 버티던 유일한 사람인 진 집사님과 나였는데 한 사람은 몰매를 맞고 한 사람은 그 나무 밑에 나가 살게 되었으니 어쩌면 영적인 차원에서 이해될 수 있는 일이었는지도 모르겠다.

엘리야가 바알의 선지자와 싸우고 난 후에 자기 생명을 찾는 왕비 이세벨을 피해 로뎀나무 밑에 누워 죽기를 구했던 것 같이(열왕기상19장2~4절) 왜 하필이면 당산제 지내는 나무 밑에 나가 앉게 되었는지…….

방세가 일곱 달이나 밀려 있는데도 마음씨 좋은 주인댁 아주머니는 그래도 내 딸들에게 먹을 것을 나눠주며 따뜻하게 대해 주었었다. 그런 아주머니가 하루는 나를 부르더니 이야기를 좀 하자고 했다.

"부처도 시앗을 보면 돌아앉는다는데 내 마음이 좋을 리는 없지만 우리 남편이 저렇게 한사코 부탁을 하니 어쩔 수 없어서 내가 이렇게 말을 꺼냅니다. 아래채를 등기해 줄 테니 한집에서 우리 같이 삽시다. 나는 다른 사람은 몰라도 00엄마하고는 친자매처럼 지낼 수 있어요."

이 무슨 청천벽력 같은 소린가!

요즘 들어 집주인 아저씨가 몸이 자꾸 아파서 점쟁이한테 물어보았더니 '시앗을 얻어주면 괜찮아질 것'이라고 했다 한다. 아주머니의 말을 듣는 순간, 방세는 밀렸지만 이제는 나가야 할 때가 됐다는 생각이 들었다. 결국 아무리 생각해도 이대로 살 수는 없다는 결론을 내리고 그날 저녁에 부부가 함께 있을 때 찾아가서 말했다.

"앞으로 보름간만 말미를 주시면 돈을 마련해서 그동안 밀린 방세를 다 드리겠습니다. 그러면 아주머니가 했던 말은 없었던 말로 해 주시고 만일 보름 안에 못 갚으면 제가 짐을 모두 들어내겠습니다."

"이 장마통에 갈 데도 없을 텐데 어떻게 이삿짐을 들어낸단 말입니까?"

집주인은 놀란 얼굴로 나를 바라보았다. 그러나 장맛비에 설마 나가랴 싶었는지 느긋한 표정을 짓는다.

나는 '아무리 예수 믿는 사람이 남의 시앗으로 살겠어? 차라리 길거리에 나앉는 게 낫지' 싶어 그날 오후부터는 아픈 몸을 이끌고 교회 집사님들 집을 찾아갔다. 십시일반으로 몇천 원씩만 빌려 달라고 부탁을 해보았으나 거의 대부분 이층집을 가지고 있는 잘사는 이들인데도 하나같이 모두가 냉정하게 거절한다. 더러는 오해까지 하며 함부로 대한다. 몇 집을 돌아다녔지만 헛수고만 하고 빈손으로 집으로 돌아와 지쳐 드러누워 버렸다.

잠깐 잠이 들었다기 밤중에 큰딸이 "엄미! 엄미!" 히며 흔들어 깨워 잠에서 깨어났다. 딸이 무섭다고 나한테 바싹 달라붙으며 "저건 아저씨 소리잖아." 한다. 우리 방문 앞에서 술에 취해 고래고래 소리를 지르는데 무섭기도 하고 기가 막혔다.

이튿날 아침에는 온 마당에 화분을 집어던지며 술주정을 하는데 평소의 모습이 아니다. 이미 온 마당에는 깨어진 많은 화분들로 발 디딜 틈이 없다. 꽃을 유난히 좋아해 꽃 키우는 것을 낙으로 삼던 사람이 꽃을 집어던지며 울고불고 난리가 났다. 성실하게 직장생활을 하던 사람인데 직장도 나가지 않고 술주정을 하고 있는 것이다. 그런 모양을 보며 다시 한 번 마음을 굳혔다. 하루속히 이 집에서 나가야겠다는.

그런데 점점 더 몸은 아파오고 음식을 넘길 수 없도록 구토증세가 심해졌다. 밥은 한 숟가락도 먹을 수가 없고 구토가 나면서, 물이라도 마실라치면 그대로 나온다. 며칠을 그렇게 구토와 싸우며 지냈다.

집주인과 약속한 날은 점점 다가오고 장마는 그치지 않는데 '이

우중에 아이들과 갈 곳도 없이 어떻게 하나…….' 앞이 캄캄해진다. 그러나 더 이상 가볼만한 데도 없이 하루하루 날짜는 갔다.

드디어 약속한 날이었다. 집주인은 '설마 이 비 오는데 짐을 들어내랴?' 싶었는지 출근도 않고 우리의 동정을 살피고 있었다.

"약속대로 방세를 못 구했으니 나가겠습니다. 그리고 밀린 방세는 다음에 돈 되는대로 갚겠습니다." 하고는 비를 맞으며 짐을 들어내기 시작하니 기막혀하는 얼굴로 우리 가족을 처다본다. 몇 시간에 걸쳐 비를 맞으며 짐을 날랐다. 우선 갈 데가 없으니 집 옆 당산나무 밑에 살림살이를 쌓아놓고 앉았다.

왜 하필이면 당산나무 밑인가? 당산제 때문에 진 집사님과 내가 얼마나 교회와 동네사람들에게 욕을 들었는데 하필이면 그 귀신나무 밑에 나 앉게 되다니……. 기막힌 일이었다.

밤이 되었다.

장롱을 비 막이로 삼고 자리를 하나 깔고는 아이들을 먼저 잠재웠다. 그리고 이미 어두워진 밤하늘을 바라보니 저절로 눈물이 났다. 예수 믿고 난 후에 당하는 슬픔과 아픔이 너무 커다는 생각이 들어 하나님을 향해 부르짖었다.

"하나님, 당신은 죽었습니다."

"하나님, 당신은 죽었습니다."

"당신이 살아 있다면 내가 이렇게 살겠습니까?"

정말 하나님이 살아 계시다면 우리가 이렇게 살지 않을 거라고 외치면서도 마음 깊은 곳에서는 하나님이 나를 한 번 만나주시기를 간절히 바라는 마음으로 그렇게 부르짖었다.

내 육신의 눈에는 보이지 않는 하나님. 그 하나님이 나를 한 번만 만나주신다면 내가 사는 곳이 맨 땅이라도 좋을 것 같았다.

빗방울이 듣는 나무 밑에서 자고 있는 아이들을 보며 피눈물이 흐를 것 같았지만 이대로 쓰러질 수는 없다고 마음을 추스르며 이를 악물었다.

앞집 OO엄마가 나무 밑을 찾아 왔다.

"우리 집에 가서 아이들이랑 잡시다. 병든 사람이 이렇게 비 맞고 자면 안 됩니다."

그러나 갈 수 없다. 세 든 집에서도 집주인 남자 때문에 나올 수밖에 없었는데 그 집도 역시 남자가 있으니 두려운 마음이 먼저 앞섰다. 호의를 호의로 그대로 받아들일 수 없는 것도 가슴 아픈 일이다.

OO엄마는 몇 번 더 권하다가 집으로 가더니 잠시 후에 다시 돌아왔다. 손에 비닐이 들려 있었다. 농사용으로 덮었던 비닐하우스 비닐을 걷어서 들고 와서는 장롱도 덮고 사람도 비를 덜 맞을 거라면서 덮어주고 갔다. 비닐을 덮은 덕에 아이들이 누워 있는 곳에는 비가 덜 떨어졌다.

"하나님. 한 번만 나타나 주십시오. 하나님 살아 계시는 것을 눈으로 보고 싶습니다."

하나님을 한번 직접 만나기만 하면 이 시련도 견딜 수 있을 것 같았다. 견딜 수 있는 힘을 달라고 부르짖어 기도하다가 나도 모르는 사이에 잠이 들었다. 잠결에도 빗방울 소리, 그리고 당산나무에 대한 두려움이 엄습해 왔다.

그렇게 아무도 돌아보지 않는 상태에서 몇 날이 흘러갔다. 몸과 마음이 말할 수 없이 지쳐갔다. 워낙 아프던 몸인지라 물도 한 모금 넘길 수 없도록 더 쇠약해져 가고 희망은 전혀 보이지 않는다.

주일 아침이 되었다.

집사님들은 교회로 가는 가까운 길인 당산나무 앞길로 지나가지 않고 우리를 피해 멀리 빙빙 돌아서 교회에 간다. 당산나무 앞을 지나가면 교회 가는 지름길인데도 교인들은 멀리 돌아서 간다. 멀리서 우리 가족을 바라보며 '예수 잘못 믿어서 천벌 받았다'고 모두가 수군댄다.

담임 전도사님도 한 번도 찾아오시지도 않았다. 하나님과 사람 모두에게 버림받은 처절한 기분이다. 나의 이 상황이 너무도 비참하다.

이 비오는 날, 교회 뒷자리에서라도 하룻밤 비를 피하며 잘 수 있다면 얼마나 좋을까. 그러나 자비를 베풀기는커녕 '저런 교인이 있어 부끄럽다'며 곁에 오지도 않는다. 모두가 넉넉한 형편이고 번듯한 집도 가지고 있건만 예수사랑으로 하룻밤 재워주는 사람이 없다. '강도 만난 자의 이웃' 은 어디에도 없었다. 병든 데다, 먹지도, 자지도 못하니 몰골이 말이 아니다.

온 성도가 나를 수치스러워하며 그렇게 피해 다닌 지도 보름이 지나갔다. 나무 밑에서 떠나지도 못하고 하루하루를 보내고 있는데, 16일째 되던 날 시내에 있는 C 교회 목사님이 찾아 오셨다. 내가 다니던 교회에 지능이 좀 낮은 아가씨가 한 명 있었는데 그 아가씨가 C 교회 목사님을 찾아가 내 상황을 말씀드렸다고 한다. 평소에 나를 잘 따르고 우리 집에 와서 아이들과 어울리기도 하며 함께 자기도 했던 터라 마음이 쓰였나 보다. 그래서 나름대로는 나를 어떻게 하든지 돕고 싶었던 모양이다. 모든 사람이 우리를 외면하고 돌아 앉아 있을 때 교회에서 무시당하던 한 아가씨가 우리 가족을 위해서 발 벗고 나서준 것이다.

C 목사님은 살림살이를 비닐로 대충 덮어 놓았지만 젖을 대로 젖

어 있는 모양하며, 병색이 완연한 내 모습과, 먹지 못해 굶주린 기색이 역력한 아이들을 보시고는 마음 아파하시며 봉투를 건네셨다.

"적지만 달세 방이라도 하나 얻어서 들어가세요."

우리 교회 성도도 다들 나를 외면하는데 전혀 알지 못하는 목사님이 찾아 오셔서 도와주신 것이다. 우선 그 돈에서 아이들 밥을 한 그릇 사 먹이고 하루를 지냈다.

머칠 후 그 동네에 살면서 C 교회에 나가는 성도 한 사람이 우리가 아직도 그 자리에 있는지 살피고 가더니 다시 목사님이 오셨다. 그리고 다시 한 번 봉투를 건네셨다. 그러나 방 얻을 돈은 목사님이 주고 가셨지만 빚 때문에 그 동네를 떠나지도 못하고 날짜는 흘렀다.

건딜 수 없는 졸음과 배고픔, 사실은 배고픔보다 잠이 더 간절했다. 건디다 못해 짐을 나무 밑에 둔 채로 잠잘 곳을 찾아 교회를 몇 군데 기웃거렸으나 모두가 하나같이 문들이 잠겨 있었다.

다시 어떤 교회를 찾아가 문을 열어보려고 문고리를 잡는데 등 뒤에서 눈물 젖은 하나님의 음성이 들렸다.

"얘야! 나도 그곳에 들어가 보지 못했다."

역시 잠겨 있는 문을 뒤로 하고 돌아섰다. 성전은 하나님의 집이라고 하는데 하나님이 들어가 보시지도 못했다는 말씀은 무섭고 두려운 말씀이 아닐 수 없었다.

우리가 있을 곳은 없구나! 발길을 돌려 헤매다가 더 갈 곳이 없어 마지막으로 나환자촌 교회를 찾아갔다. 이 넓은 곳에 우리가 갈 곳은 세상에서 소외당하여 살아가고 있는 이 나환자촌밖에 없구나 싶으니 사회로부터 버림받은 느낌이었다.

'여우도 굴이 있고 공중의 새도 거처가 있으되 오직 인자는 머리

둘 곳이 없다.'고 하신 우리 주님. 이 땅에서 예수님도 머리 둘 곳이 없다고 하셨는데 하물며 우리 인생이랴. 주님도 누울 곳 없으셨는데……. 가슴에서 눈물이 줄줄 흐르는 느낌이었다.

헤매다 헤매다 나환자촌에 올 수밖에 없는 처지가 기막혔다. 이틀을 나환자촌에서 자고 나서 매양 이렇게 살 수 없다는 생각이 들어 방을 얻을 궁리를 여러 가지로 해 보았지만 여의치 않았다. 상처만 받은 이 동네보다 다른 동네로 이사하는 게 우리에게도 좋겠지만 동네에 진 빚이 70만 원이나 있어 갚지 않고는 떠나는 것도 내 마음대로 되지 않는다.

이 빚을 어떻게 갚을까 생각하다가 이웃 동네에 굴 양식업 하는 데를 무작정 찾아갔다.

가을에 일하러 올 테니 믿고 30만 원만 빌려 달라고 했더니 마음씨 좋아 보이는 젊은 사장은 처음 보는 나를 의심도 않고 꼭 가을에 오라며 선뜻 선불을 주었다. 어디 사는 누군지 알지도 못하는 상황에서 선뜻 내민 이방인의 호의가 너무도 감사했다.

C 목사님이 주신 돈과 굴 양식업 사장에게 빌린 돈을 합쳐 급한 빚만 갚고는 조금 떨어진 옆 동네로 이사를 했다. 달세지만 제법 깨끗하고 아담한 방을 얻어 짐을 풀고 오랜만에 방에서 다리를 쭉 펴고 잤다.

이튿날은 동네 교회를 찾아보았다. 낯선 동네에서 새로 신앙생활을 하리라는 생각으로 앞으로 출석할 교회를 둘러보며 오랜만에 느긋한 기분으로 하루를 보냈다.

이사하고 며칠 후, 시내에 볼일이 있어 외출을 했다가 집으로 돌아오니 집주인이 나를 기다리고 있었던 듯 좀 보자고 했다.

"아줌마 예수 믿어요?"

영 좋지 않은 음성으로 묻는다.

"예."

"방 얻으러 올 때 예수 믿는다는 말 안했잖아요."

"……."

"당장 방 빼세요. 예수 믿는 사람하고 한집에 살면 재수 없어."

무슨 대역죄인 다루듯 소리를 쳤다. 알고 보니 아이들이 내가 없는 사이에 카세트에 찬송 테이프를 넣고 틀었다 한다. 찬송 소리를 들은 주인이 기겁을 하고 나를 기다린 것이다.

'오! 주여. 예수 믿는 것도 죕니까?'

어떻든 주일이 되어 교회를 나갔다. 시골이라 유동인구가 없는 관계로 새 교인이 별로 들어오지 않아서인지 온 교인이 따뜻이 반겨주었다. 그중 J라는 남자집사님이 제일 반갑게 맞아주셨다. 이것저것 물어 보는 대로 대답하다가 교회는 나왔지만 언제 못 나오게 될지 모르겠다고 하니까 무슨 말이냐고 묻는다.

"이사 가자마자 찬송가 듣다가 예수 믿는다는 게 드러나서 쫓겨나게 생겼어요."

"좋은 방법이 있겠지요. 기다려 보세요."

집사님은 그렇게 말하더니 몇 시간 후에 같이 가볼 데가 있다며 나를 데리러 왔다. 어떤 집에 소 마구간으로 쓰던 데를 수리해서 이사하면 어떻겠느냐고 권한다. 같은 교회 B 집사님 댁인데 연세 많은 할머니 집사님이라고 했다. 혼자 어렵게 사시는 터라 돈 들여서 수리는 못 하겠다고 하시는 것을 J 집사님이 간곡히 부탁을 드렸다 한다.

"제가 돈 들여 수리를 할 테니까 집사님은 세만 받으세요." 하니 그러면 그렇게 하라시며 허락을 하셨다.

J 집사님도 B 집사님 댁 아래채에 세 들어 사는 입장이고 가난한 분인데 우리 사정을 알고는 자원하여 자비로 이 일을 이루었다. 가난한 중에도 구제 차원에서 마구간을 직접 수리해 우리에게 방을 만들어 준 것이다. 수리비를 J 집사님이 들여서 B 할머니 집사님은 공으로 집도 고치고 방세도 받게 되었다.

얼마나 정성들여 말끔히 수리했는지 엄청 큰 새 방이 되었다. J 집사님의 마음 씀씀이가 너무도 고마웠다.

새로 이사 와서 불과 열흘 만에 예수 믿는 죄로 쫓겨나고 새 거처로 옮기게 되었다. 이제 거처도 확실해졌고 찬송도 마음대로 들을 수 있으니 우리로서는 얼마나 감사한 일인가? 생각지도 못한 방법으로 거처를 준비해 주신 하나님께 감사를 드렸다. 그곳에서 살며 일하지 않는 날에는 전도를 나가고, 몸이 많이 아프면 쉬어가며 열심히 살았다. 새 교회에 적응도 쉽게 되고, 담임 목사님도 우리 가정을 위해 세심히 신경을 써 주셨다.

이제 이곳에서 평생을 전도만 하며 살리라 하는 각오로 열심히 신앙생활을 했다.

34. 나환자촌에서

영성이 뛰어나다고 소문이 나신 박 목사님을 뵈러갔다.

목사님을 뵌 순간, 가슴이 아프기부터 했다. 나병으로 눈은 거의 실명상태에, 손가락은 떨어져 나가고, 칠십이 넘은 연세여서 건강조차도 부실해 보였다.

"어떻게 왔노?"

"목사님. 안수 한번 받으러 왔습니다."

"나는 안수기도 안 하는 사람인데……."

잠시 생각하시더니 서재로 들어오라고 하신다. 사람이 앞에 있으나 거의 볼 수 없는 시력이시라 청력에 의존해 분간을 하시는 듯하다. 안수는 안 하신다고 하시면서도 특별하게 머리에 손 얹으시며 기도해 주셨다.

"우리 이 자매는 하나님이 너무도 사랑하시는 사람이다. 벌거벗은 것같이 가식 없이 드러내놓고 기도하는 것을 하나님이 기뻐 받으신다. 그러나 마귀역사가 강해서 방언으로 기도를 해야 마귀에게 기도를 채이지 않겠다."

그리고 방언을 하느냐고 물으셨다.

"방언이 무엇입니까?"

"이런 무식한 사람이 있나. 그래 방언을 몰라?"

방언은 천사 같은 사람이나 하는 줄 알았던 너무도 성경에 무지했던 나는 목사님의 말씀에 당황했다.

다시 목사님이 말씀하셨다.

"오늘 밤 교회에서 철야하며 방언 받아."

그리고 전화로 성도들을 교회로 호출하셨다.

조금 있으니 권사님들과 집사님들이 10여 명이 모였다. 목사님이 지켜보고 계시는 가운데 모인 분들이 나를 중심으로 빙 둘러 앉더니 집중적으로 합심 기도를 하는데 얼마나 간질히 중보를 하는지 모두가 이마에 땀방울이 맺힌다. 그런데 정작 나는 그런 기도도 부담스러웠고 빨리 집으로 가고 싶다는 생각만 들었다. 한참 기도하다가 남자 집사님 한 분이 멀뚱히 앉아 있는 나를 보고 "방언이 안 터져요?" 물었다.

"예. 오늘은 그냥 집에 가고 다음에 와서 받으면 안 될까요?" 했더니 지켜보시던 목사님이 잠시 쉬었다가 한번만 더 기도해보자고 하셨다.

10분쯤 쉬었다가 합심기도로 다시 부르짖는데 이번에도 나는 여전히 맹숭맹숭한 기분으로 앉아만 있었다. 두 번째 기도에도 그 모양으로 있으니 아까 그 남자 집사님이 "왜 방언이 안 터지지?" 하며 등을 한 차례 세게 때렸다.

그 순간이다. 갑자기 치과에서 마취주사를 맞아 얼얼해진 것 같이 입술이 둔해지더니 어떤 외래어 같은 말들이 내 입을 통과해서 나오며 통곡이 함께 터졌다. 그때 목사님이 통역하는 자매를 부르시더니 내 손을 잡고 동시통역을 하게 하셨다.

"하나님, 나는 죄인입니다."

"하나님, 나는 죄인입니다."

그리고 그때 둘러앉은 모든 사람들에게 환상이 열려 생명수 강가에 열두 가지 과실을 맺은 나무가 줄지어 서 있는 것이 보였다 한다. 컬러로 열린 환상에 모두가 어찌할 줄을 모르고 감동한다.

목사님의 안수와 합심기도에 힘입어 방언 받은 날이다. 비록 은사가 무엇인지, 방언이 무엇인지도 모르는 나였지만 하나님은 은혜를 베푸셔서 내 입술에 영의 기도를 허락하셨다.

이후, 받은 은사에 감사하여 거의 기도에 미치다시피 매달렸다. 목사님이 염려가 되셔서 그만 쉬라고 할 정도였으니……

지금은 소천하신 지 오래되어 뵐 수 없는 분이지만 내 신앙 길에 참으로 큰 영향력을 끼친 분이시고 의지가 되셨던 분이시다.

"나는 너한테 목사가 아니라 아버지가 되고 싶다. 너는 이제 내

딸이다." 하셨던 박 목사님.

나병에다 장출혈이 깊어 고통 중에 계실 때에는 한숨처럼 말씀하셨다.

"빨리 하나님이 부르시면 좋겠다."

나는 그때 몰랐었다. 목사님이 얼마나 고통스러우셨는지.

그런 중에도 나를 챙겨 주시고 거처할 곳을 구해 주시려고 마음을 쓰셨다. 아무도 돌아보지 않는 나를 안타까워 하셨던 목사님.

"많이 먹어라. 기막힌 일을 당해도 잘 먹어야 한다." 하시며 누군가가 목사님을 드리는 음식을 꼭 나를 불러 먹이시려고 하시던 자상함이 지금도 잊히지 않는다.

그분이 내게 주신 큰 사랑이 가슴 아프다.

35. 하나님의 음성

최초로 하나님의 음성을 듣게 된 것이 당산나무 밑에서 노숙을 하게 된 얼마 뒤였다. 못 먹는 괴로움보다 잠을 제대로 못 자는 것이 더 괴로워서 하루라도 비 맞지 않고 잠을 푹 자고 싶은 마음에 찾은 곳이 나환자촌 E 교회였다.

아무도 없는 교회에 두 딸을 데리고 들어갔다. 곧 아이들은 등 뒤에서 잠이 들었다. 어둠속에서 혼자 기도하다가 피곤하고 지쳐 누우려고 하는 순간, 선명하게 들리는 음성이 있었다.

"좀 더 기도하라."

지칠 대로 지친 몸이라 앉아 있는 것도 힘든 상태였다. 잠깐 동안 기도를 더하고 다시 누우려고 하는데 또 그 음성이 들렸다.

"좀 더 기도하라."

그 음성에 어쩔 수 없이 다시 피곤한 몸을 추스르고 앉았으나 기력이 진해 조금만 더 기도하면 쓰러질 것만 같았다. 그러나 하나님의 음성에 이끌려 어쩔 수 없이 다시 기도를 하는데 이마에, 몸에, 진땀이 배이면서 기진할 것 같은 증세가 오기 시작하는 것이었다. 그 몸으로 간신히 버티며 다시 기도를 하는데 순간 하나님의 음성이 귀에 똑똑히 들리는 것이었다."슬픈 일을 당할 때, 괴로운 일을 당할 때 왜 너는 기도하지 않고 울고 있느냐. 너의 하나님, 나 여호와는 너의 아버지가 아니냐. 이제부터는 기도하며 나를 따라오너라. 수많은 마귀가 너를 둘러 있으니 기도하며 따라 올찌니라."

그렇게 만나기를 소원했던 하나님이었다. 어려움을 견딜 수 있는 힘만 주시면 좋겠다고 그렇게 간절히 바랐는데 하나님은 내 기도를 들으셨구나. "하나님. 당신은 죽었습니다." 하고 부르짖던, 그 부르짖음을 외면하지 아니하시고 나를 이렇게 만나 주시는구나. 얼마나 많은 눈물이 나는지 나는 그 밤에 하나님을 만난 기쁨으로 울고 또 울었다.

36. 딸의 방언

그날도 나환자촌 E 교회에 가서 기도를 하고 있는데 밤중에 하나님 음성이 또 들렸다.

"등 뒤에서 자고 있는 딸을 깨우라. 오늘 그 아이에게 방언이 임할 것이다."

하나님 음성 앞에 얼마나 당황했는지 일어서지도 못하고 엉금엉금 기어서 자고 있던 큰딸에게 다가가 흔들어 깨웠다. 아이는 깊은 잠에 빠졌다가 짜증을 내며 겨우 일어나 앉았다.

그 순간, 하나님이 다시 말씀하셨다.

"네 오른손을 들어 아이 등에 안수하여라. 방언을 할 것이다."

엉겁결에 오른손, 왼손 구별도 못하고 아이 등에 손을 얹었다. 그리고 방언을 하는가 싶어 귀를 가까이 대어 보았으나 아무 소리도 들리지 않았다.

순간, 나는 하나님 임재를 느끼며 그 큰 힘에 압도되어 개구리처럼 바닥에 납작 엎드렸다. 두렵고 떨리는 어떤 큰 힘을 느끼면서 '이제 나는 죽었구나.'라는 생각이 먼저 들었다.

"아이구, 하나님. 아이가 방언을 안 합니다. 제가 신앙을 잘못 가르쳐서 그러니 저를 죽여주십시오."

지금까지 아이를 신앙으로 잘 양육하지 못했다는 죄책감에 견딜 수 없었다. 그런데 그 순간 하나님은 너무도 인자한 음성으로 말씀하셨다.

"네 잘못이 아니다. 신앙은 개개인이 하는 것이다. 그 아이는 기도하는 어머니 등 뒤에서 늘 자고 있지 않았느냐. 어머니를 위해 기도해야 하는데 중보기도를 하지 않는구나. 다시 한 번 아이 등에 손을 얹어 보아라."

참으로 낭패스러운 상황이 아닐 수 없었다. 아이는 기도하지 않는 것 같은데 하나님은 계속 안수하기를 원하시니 하나님과 딸 사이에 끼여 견딜 수 없는 낭패감이 느껴졌다. 방언을 안 할 줄 알면서 다시 한 번 말씀에 따라 아이 등에 손을 얹고는 귀를 가까이 대어 보았지만 내 귀에는 역시 아무 소리도 들리지 않았다.

"하나님, 안 합니다. 이것은 제 죕니다. 이렇게 키운 것 전부 제 잘 못입니다."

아이가 기도하지 않는 것이 전부 내 탓이라 생각하며 엎드렸을 때 하나님은 다시 말씀하셨다.

"이미 방언으로 기도하고 있다."

그래서 다시 한 번 귀를 가까이 대어 보았더니 아주 작은 소리로 뭔가 웅얼거리는 것 같더니 곧이어 회개를 하는데 울며 통곡을 하는 것이었다.

"이제 통역은 네가 하지 말고 다른 사람을 시켜라."

아이와 나만 있다고 믿고 있던 그 자리에 마침 기도하러 들어왔던 한 아가씨가 우리 곁에 오더니 아이의 손을 잡고 통역을 하는 것이 아닌가.

"너는 내게 한 송이 백합 같은 딸이다. 네 이름이 생명책에 기록이 되었노라."

그날 밤 이후, 아이는 확실한 변화가 나타났다. 어려운 가정환경으로 인해 신앙의 힘이 없던 아이가 성령으로 충만해짐으로 밝은 모습으로 변하면서 기뻐하는 게 눈에 띄게 나타나는 것이었다.

그 밤, 나와 딸을 만나주신 하나님. 험한 인생길 기도하며 따라오라고, 기도하는 대로 이루어 주겠노라 말씀하신 하나님.

비참한 상황은 달라지지 않았으나 하나님을 만난 체험이 나에게 큰 힘이 되었다. 같은 어려운 상황인데도 받아들이는 태도가 변한 것이다. 하나님을 만난 체험 이후로 상황은 더 어려워지고 고통스러웠지만 이제는 하나님이 나를 만나주시고 지켜주심을 확신하며 그렇게 기쁠 수가 없었다.

벌레 같은 나를 사랑하시는 하나님. 사람은 나를 외면할지라도 하나님은 나를 버리지 아니하시고 눈동자같이 지켜주심에 너무도 감사하였다.

37. 아기가 되던 날

방언을 받고난 후에는 매일 아침과 밤에 조용한 시간을 택해 혼자 방에서 기도를 했다.

어느 날, 기도 중 성령의 강한 이끌림을 받아 내 영이 하나님 앞에 가 앉게 되었는데 실제의 내 나이가 아닌 두 살짜리 어린아이의 모습으로 돌아가 있었다.

흰옷을 입은 하나님의 모습은 자애로운 아버지 같았는데 그 하나님 앞에 아주 어린 아기가 되어 천진하게 때 묻지 않은 웃음을 웃는 나의 모습이 있었다. 하나님은 그런 나를 사랑스럽게 바라보시며 웃고 계셨는데 한참을 어린 아기의 재롱을 보시듯 보고 계셨다.

세상에서 웃을 수 없는 그런 맑고 맑은 웃음이 내 입으로 흘러나왔다.

하나님의 따뜻한 미소가 나를 행복하게 해준 날이었다.

이 땅 어디에도 기댈 곳 없는 나의 삶에 하나님은 기도라는 아름다운 선물을 주셔서 기쁨을 주셨고 나를 만나주심으로 소망을 가지고 살아가게 하시는 것 같았다.

기도가 있어 내 인생이 얼마나 행복한지…….

아침에 큰아이는 학교에 가고 작은아이는 친구와 놀러간 다음 방문을 안으로 잠그고 조용히 기도를 하는데 어느 순간, 가슴속으로 싸한 행복감과 알지 못할 아련한 추억 같은 것이 동시에 느껴지면서 방언으로 노래가 되어 나왔다.

명곡이었는데 '메기의 추억'이라는 노래였다.

옛날에 금잔디 동산에 메기 같이 앉아서 놀던 곳
물레방아 소리 들린다 메기야 내 희미한 옛 생각
동산 수풀은 우거지고 장미화는 피어 만발하였다
물레방아 소리 그쳤다 메기 내 사랑하는 메기야
지금 우리는 늙어지고 메기 머린 백발이 다 되었다
옛날의 노래를 부르자 메기 내 사랑하는 메기야

영으로 마음으로 노래하는 동안 아주 어릴 때의 아련한 추억들이 행복감과 함께 가슴을 적시고 푸근한 어린 시절로 돌아가는 것 같은 기쁨이 동반되었다.

그 이후부터 명곡으로는 이 노래가 늘 가슴속에서 감동으로 다가왔다. 이 체험은 어릴 때를 회상시키므로 세상에 찌들어 강퍅해진 내 마음을 회복시키고 치료하시는 것이라 생각을 한다.

기도를 하는 중에 내 영이 어딘가로 이끌려갔다. 넓은 운동장 같은 곳이었는데 나는 높은 단상에 서서 모인 많은 사람을 향해 간절하게 외치고 있었다. 신유 집회장소 같았는데 모인 사람은 수만 명이었고 나라는 러시아였다.

"저는 한국에서 온 신유의 종 이승민입니다. 여러분은 지금 육신의 병을 고치러 이곳에 왔습니다. 그러나 육신의 병을 고치는 것보다 여러분은 지금 집으로 돌아가 부모와 친척을 먼저 전도해야 합니다. 부모에게 가장 큰 효도는 전도하는 것입니다. 전도하십시오. 나는 내 어머니를 전도하지 못해 지금도 가슴이 찢어질 것 같습니다. 내 어머니는 지옥 불에 갔습니다. 빨리 집으로 돌아가 전도를 하십시오."

설교를 하고 있는데 생살을 칼로 절단하는 것 같은 극심한 통증이 내 가슴 쪽에 느껴져 왔다. 얼마나 그 고통이 심한지 말할 수 없을 정도였다.

설교는 처음에는 러시아 말로 나왔고 그 다음에는 한국말로 통역이 되어 나왔다.

이처럼 영이 어딘가로 이끌려 가는 특이한 경험과 두 나라 말로 설교를 하는 것이 이제까지의 기도들과 달랐는데 이 체험이 어떠한 모양으로 실현될지는 알 수 없는 일이다. 섣부른 해석과 판단은 나 자신을 망칠 수 있기 때문에 가까운 사람 외에는 말을 하지 못했다. 모든 것은 하나님이 하시는 일이라는 것을 알기 때문이다.

40. 하나님이 좋아하시는 기도

이사를 하고 난 후에 동네에 있는 교회를 찾아 갔다.

유동인구가 없는 농촌지역이고 교인수가 늘 고정적인 곳이어서 그런지 새로 온 우리 가족을 다들 참 반갑게 대해 주었다. 쉽게 성도들과 교제가 되었고 목사님도 전형적인 시골사람처럼 소박한 모습이 좋았다. 사모님 역시 어머니같이 수더분하고 인정스러웠다. 또 집사님들과 학생회 아이들까지 친해지게 되어서 이곳에서 오래도록 살면서 교회를 위해 전도하며 신앙생활 잘해야지, 하는 다짐도 마음속으로 가졌다.

어느 날, 주일 예배시간에 J라는 남자 집사님의 공중기도가 있었는데 듣고 있는 중에 왠지 귀에 거슬림을 느꼈다. 예배가 끝나고 나서 모두가 이구동성으로 J 집사님의 기도를 칭찬했다.

"집사님, 기도를 어떻게 그렇게 잘하십니까?" "집사님 기도가 너무 좋습니다." 등등 모두가 칭찬을 아끼지 않는다. 그런데 왜 내 귀에는 그렇게 거슬릴까?

며칠 후, 그날도 아이들이 학교에 가고, 놀러 나간 후에 기도를 하고 있는데 하나님의 음성이 임했다.

"J 집사한테 심부름을 가거라. 네가 가서 그 아들과 함께 기도하면 그때 내가 그 아들한테 말하리라."

하나님의 음성을 듣는 순간 난처한 생각이 들었다. 상대는 기도를 잘한다고 소문이 난 사람인데 나 같은 평신도가 무슨 기도 심부름을 간단 말인가. 애써 하나님의 음성을 무시하고 하루를 보냈다. 그런데 그 이튿날 기도를 하는데 다시 어제의 그 하나님의 음성이 또 임했다.

"J 집사한테 가거라. 내가 할 말이 있다. 가서 네가 그 아들과 함께 기도하면 그때 내가 그 아들에게 말을 주리라"

정말 난처한 주문이다.

'나는 기도라면 주눅부터 들고 제대로 말도 잇지 못하는 주제인데 기도 잘하는 그 집사한테 가서 함께 기도하라니…….'

기가 막힐 일이다. 애써 하나님의 음성을 못 들은 것처럼 또 넘겨 버렸다. 그리고 며칠이 지났다. 다시 기도하려고 앉으니 그 음성이 또 들린다.

"내가 그 아들한테 할 말이 있다고 하지 않느냐. 왜 가지 않느냐. 가거라. 가서 함께 기도하면 내가 그때 그 아들한테 직접 말하겠다."

이제 더는 버틸 수 없겠다는 생각이 들어 억지로 몸을 일으켜 일어나 무거운 마음으로 방문을 열고 밖을 내다보았다. 그런데 이게 웬일인가? 반갑게도 비가 내리고 있었다.

J 집사는 비가 오면 일하러 가는 사람이었기 때문에 분명히 오늘 같은 날은 집에 없을 것이 확실하다 싶었다. 그렇다면 나는 이런 날 하나님의 심부름을 가는 척만 하면 되는 것이다. 심부름은 해도 그와 부딪힐 일은 없기 때문이다. J 집사는 맑은 날에는 집에서 쉬는 날이 많았고 비가 오는 날에는 일을 하러 나갔다.

나는 속으로 계산을 했다.

'이렇게 비가 오니 J 집사는 분명히 집에 없을 거야. 그러면 심부름은 가지만 그를 만날 일은 없을 것이다.'

정말 기쁜 마음으로 J 집사를 찾아갔다.

그래도 혹시나 그가 집에 있을까 봐 조금 작은 소리로 "집사님!" 하고 불렀다. 제발 집사님이 집에 있더라도 내 목소리를 듣지 않기를 바라는 마음으로 아주 작게 불렀던 것이다.

그런데 웬걸? 방문이 열리며 J 집사님이 만면에 웃음을 지으며 "어서 오세요." 한다.

낭패스러웠다.

'아니, 이 비오는 날에 왜 일하러 안 가고 집에 있어?'

인사는 했고 어쩔 수 없어 방으로 들어갔다. J 집사님은 아무것도 모르고 활짝 웃으며 "왜요? 무슨 부탁할 일 있어요?" 하며 물었다.

J 집사님은 평소에 많은 구제를 하고 남을 많이 돕는 사람이다. 나도 그의 도움을 받은 적이 많다. 그래서 내가 무언가 부탁을 하러 온 것으로 생각을 한 것이다. 기꺼이 도와주려는 마음으로 환하게 웃으며 물어보는데, 정말 난처했다. 어쩔 수 없이 방으로 들어가 앉았지만 여차하면 돌아서 나오려고 방문에 바짝 기대어 앉았다. 아무 말을 못 하고 잠시 앉아 있자니 도리어 집사님 쪽에서 또 무슨 일이냐고 한 번 더 물어왔다. 낭패스러운 마음만 들고 어떤 말도 할 수 없어 괜히 손가락으로 방바닥을 문지르다가 어렵게 입을 뗐다.

"저, 하나님이 집사님한테 주실 말씀이 있다고 저하고 함께 기도를 하라고 하셔서 왔습니다."

순간, J 집사님의 눈이 놀라움으로 둥그레지며 나를 바라보았다. 그러나 이내 평정을 찾으며 말했다.

"아! 그래요? 그러면 기도합시다."

그래서 함께 기도를 하려고 눈은 감았는데 어떻게 기도를 해야 될지 대책이 서질 않았다.

J집사가 먼저 "하나님……." 하며 기도를 시작했다. 나도 어쩔 수 없이 기도를 해야겠기에 순서도 없이 "아버지……." 부르며 하지도

못하는 기도를 시작을 했다.

그 순간이다.

무언가 뒤통수를 탁 치는 손길이 느껴지고 내 입에서 절제할 수 없이 방언으로 기도가 힘차게 나갔다. 한참을 방언으로 기도가 있은 후, 통역이 뒤따라 나왔다.

"사랑하는 아들아. 네 기도가 너무도 가증스럽다. 미사여구를 동원해서 하는 그 기도가 너무도 듣기가 싫다. 그저 '아버지' 부르기만 하여도 좋은 기도가 있지 않느냐. 꾸미지 않은 그런 기도를 하여라."

그 다음에는 예언이 나왔다.

"너는 앞으로 내 귀한 종이 될 것이다. 그리고 네 동생도 귀한 종이 될 것이다."

기도가 끝난 후, J 집사님을 쳐다볼 용기가 나지 않았다.

'내가 지금 무슨 짓을 한 것인가.'

어떤 제어하지 못할 힘에 이끌려 기도를 하고, 예언을 했지만 정신을 차리고 보니 얼마나 무참한지 나 자신도 놀라서 황급히 일어나 집으로 돌아왔다.

그리고 며칠 후, 강도사님의 부름을 받고 사택으로 가게 되었는데 한 마디로 악령 들린 것으로 찍히고 말았다. 그 일로 나는 그 교회를 떠나게 되었다.

세월이 흘러 3년 후, 성경전문학교에 입학을 하러 갔더니 J 집사가 역시 입학을 하러 왔다. 나를 보자 반갑게 인사를 하더니 정식으로 사과를 했다. 나를 교회에서 내쫓은 일에 여러 명의 집사가 가담을 했는데 자신도 그 일에 함께 했다고 고백을 하며 "그런데 내가 사역의 사명이 확실히 있기는 있습니까?" 하고 물었다.

그래서 이전에 아픈 사건도 있고 해서 "나를 예수 무당으로 취급하려고 물어봅니까? 이제는 집사님이 기도를 해서 직접 말씀을 받으세요." 했다.

어쨌든 3년 만에 집사님의 사과를 받고 점심 대접도 받았다.

점심식사를 함께하며 그가 말했다. 그때 나를 통해 기도에 대한 지적을 받았을 때 사실은 마음에 큰 충격을 받았고, 다른 사람들이 자신을 향해 기도 잘한다고 칭찬을 할 때에도 자신은 왠지 모르는 허전함을 느끼고 있었다는 것이다. 그런데 정확하게 하나님의 책망을 받으니 마음속에서 나에 대한 적개심이 생기더라고 했다. 그래서 여러 명의 집사들이 모여 나를 쫓아내야 한다고 결의를 했다는 것이다.

지금 그분은 전라도에 있는 큰 교회에서 시무를 하고 있다.

그때의 예언처럼 그가 사역자로 쓰임 받고 있고, 당시 알코올 중독으로 술에 절어 살던, 전혀 예수 믿지 않을 것 같던 그의 동생도 예수를 영접하였다고 했다. 정확하게 예언대로 이루어진 것이다.

나는 그 일로 상처를 받고 쫓겨 나왔지만 하나님의 말씀은 그대로 이루어졌다.

Part 5

이별

PART 5
이별

41. 이별

무슨 이유인지 목사님이 떠나시게 됐다는 소문이 돈다. 평신도로서 교회 일을 알 수 없지만 집사 중 누군가가 "목사님 설교가 아니다."라고 했다는 것이다. 그래서 그런지 요사이 목사님 얼굴이 어둡다.

어느 날, 목사님이 여러 집사가 있는 자리에서 부탁하셨다.

"우리 이 성도님 다음 교역자 오시면 집사로 꼭 세우십시오."

목사님이 나를 얼마나 생각하시는지를 나타내는 말씀이다. 그리고 며칠 후 밤에 목사님과 사모님이 우리 집에 오셨다.

"곧 다른 곳으로 가게 되는데 내가 있을 때 집사로 못 세우고 가서 미안하다."고 하신다.

며칠 후 목사님은 다른 곳으로 가시고 새로 젊은 강도사님이 교회에 오셨다. 찬송을 부를 때 정확한 음을 낸다고 몇 번 나를 칭찬

하시더니 내게 관심을 보이신다. 처음 사역지이고 젊은 분이라 매사에 의욕이 있으신 것 같다.

그런데 왜 나는 가신 분이 이처럼 그리울까?

하루는 마음먹고 목사님을 찾아갔더니 사모님이 얼마나 반가워하시는지, 뜨거운 밥을 대접받고는 돌아오려고 일어서니 버스 타는 곳까지 목사님이 자전거로 배웅해 주시겠다고 한다.

목사님 등 뒤에 자전거를 타고는 사모님께 작별인사를 드렸다. 한참을 사모님이 자전거를 뒤따라 뛰어오시며 시간 날 때 꼭 다시 오라며 소리치신다. 가다가 뒤돌아보니 손을 흔들며 보고 계시는데 꼭 피붙이를 이별하는 것처럼 가슴 한쪽이 저려온다.

42. 꿈

예수 믿은 지 5년 쯤 됐을 때의 일이다.

어느 날 밤, 꿈을 꾸었는데 캄캄한 밤하늘에서 하얀 손이 내려오더니 하늘에 걸린 엄청나게 큰 칠판에 흰 분필로 이사야 53장 3절이라고 써 놓고 손이 사라졌다.

꿈에서 깨어 읽지도 않던 이사야서를 펴 보았더니,

'그는 멸시를 받아서 사람에게 싫어 버린바 되었으며 간고를 많이 겪었으며 질고를 아는 자라 마치 사람들에게 얼굴을 가리우고 보지 않음을 받는 자 같아서 멸시를 당하였고 우리도 그를 귀히 여기지 아니하였도다.'라고 적혀 있었다.

이 꿈을 꾸고 나서 가까운 집사님에게 꿈 이야기를 했더니 며칠 후에 말이 번져 나가 몇 몇 집사님들이 수군대며 말들을 했다.

"이사야서 53장 3절 말씀은 예수님에 관한 것이지, 제까짓 게 무슨 예수처럼 그런 꿈을 꾸었다고……."

그냥 생각 없이 꿈 이야기를 한 것이 결국은 많은 질시를 받는 계기가 되었고 나중에는 강도사님에게까지 소문이 들어가 사태가 악화되었다.

"큰일 났습니다. 자기가 예수인 것처럼 말을 합니다." 하고 고했다.

방언을 하면 악령 들렸다고 할 시절이었으니 무리한 비판은 아니었겠지만 정말 성경을 모르는 무식한 소리였다고 하겠다. 성경 66권 모두가 우리에게 주신 하나님의 말씀인데 말이다.

요셉이 형들에게 '곡식단이 절하는' 꿈 이야기를 하고 나서 미움을 받았듯이(창세기37장5~11) 나 역시 그 일로 따돌림을 당해야 했고 교회에서 쫓겨나가게까지 되었다.

지금 와서 돌아보면 이 꿈은 고난을 예고하는 말씀으로 소외당하는 자, 가난한 자, 병든 자를 돌아보아야 하는 목회의 성격을 말해 주는 꿈이라고 해석이 된다.

초신자 시절이라 성경을 별로 읽지 않았던 때였는데도 하나님은 예언처럼 이 말씀을 주셨다. 후에 어느 목사님은 이 꿈이 신유은사를 받을 꿈이라고 해석해 주셨지만 이 꿈을 꾸고 난 이후, 기록된 말씀대로 질고를 많이 겪게 되었고 가난함으로 사람들에게 멸시를 많이 받았다.

하나님은 미리 꿈을 통하여 나에게 고난당할 것을 말씀으로 가르쳐 주셨는데도 나는 무지하여 깨닫지 못하고 아무것도 모른 채 하나님 손에 이끌려가고 있었다.

바람의 길이 어떠함과 아이 밴 자의 태에서 뼈가 어떻게
자라는 것을 네가 알지 못함같이 만사를 성취하시는 하나님
의 일을 네가 알지 못하느니라.(전도서11장5절)

43. 하늘이네 집

아주 오래된 옛날 집을 세 얻어 살 때의 일이다.

재래식 부엌 앞에는 깊지 않은 우물이 있었다. 그런데 왜인지 우
물 앞에 앉아 그릇을 씻고 있노라면 등 뒤에서 무언가 사람을 잡
아당기는 것 같은 섬뜩한 느낌이 있었다. 마치 귀신이 나올 것 같
은 그런 집이었는데 아래 위채가 마주 바라보고 있는 구조였다.

우리는 위채를 빌렸는데 방 두 개를 터서 만든 제법 큰 방으로
뭔가 운치까지 느껴지는, 흙으로 지어진 방이었다. 그러나 집 전
체가 해만 지면 무서운 기운이 감지되며 혼자 있기엔 너무도 무서
웠다.

아니나 다를까.

낮에도 잠깐 잠이 들면 비몽사몽간에 머리가 엄청 큰 중이 회색
빛 장삼을 입고 나타난다. 분명히 방문은 닫혀져 있는 상태인데 문
열리는 소리가 '덜컥' 나며 어떤 영체가 들어서는 것이다.

그렇게 몇 개월을 살고 났을 때 아래채에 멀리 부산에서 누가 이
사를 왔다. 젊은 부부로 그들에게는 아들이 둘 있었다. 이름이 태
산이와 하늘이다.

한집에서 살게 된 인연으로 우리 가족과 하늘이네 가족은 서로

사이좋게 참 잘 지냈는데 나는 틈만 나면 그들에게 전도를 했다.

거의 교회를 나가려고 작정할 무렵, 어느 날 밤에 하늘이 아빠가 할 말이 있다면서 우리 방에 들어왔다. 술을 약간 마신 상태였던 하늘이 아빠는 별로 긴한 이야기도 아닌 것을 몇 가지 나에게 전했는데 이야기를 하고 있는 하늘이 아빠를 쳐다보고 있자니 갑자기 어느 순간에 하늘이 아빠의 머리카락이 도깨비처럼 쭈뼛쭈뼛 서 있는 것처럼 보이면서 죽은 사람 같은 분위기가 느껴졌다.

하늘이 아빠가 가고 나서 딸들과 왜 그런 느낌이 들까, 이야기를 했다.

며칠 후, 밤 한 시쯤 되었을 때, 다급한 목소리로 하늘이 엄마가 우리 방문을 두드렸다. 문을 열었더니 쓰러지듯 방으로 들어 와 내 무릎에 얼굴을 대고 엎어진다. 직감적으로 무슨 일이 있구나, 싶었다.

울면서 하는 말을 연결해서 종합해 보니 하늘이 아빠가 부산에서 볼일을 보고 돌아오는 길에 몰고 오던 조그만 승용차가 '진례'라는 곳에서 가드레일을 들이받고 아래 논으로 차가 굴러 떨어졌는데 하늘이 아빠는 차창 밖으로 날아가 그 자리에서 즉사했다 한다.

하늘이 엄마는 그날 밤 경찰 동행 하에 진례 사고현장에 갔다. 사고현장에는 그때까지 부서진 차 안에서 슬픈 유행가가 반복되어 흘러나오고 있었다고 한다.

하늘이 엄마의 이야기를 들으며 '이건 아닌데, 이건 아닌데,' 하는 생각이 들었다. 아직 예수도 영접 안 했는데 그렇게 가버리다니……. 왠지 죄책감이 들었다. 며칠 전 하늘이 아빠를 보고 느낀 그 죽은 것 같은 분위기가 죽음을 예고하는 것이었다면 하늘이 엄마에게 말해주지 않은 것은 내 잘못이라는 생각이 들었기 때문이다.

남편의 죽음 이후 하늘이 엄마는 밤마다 맥주를 7병, 8병을 마셔야만 겨우 잠이 들었다. 유별나게 부부 사이가 좋았던 그들이기에 하늘이 엄마의 충격 또한 더 컸을 것이다.

야고보서 4장 14절에서 '내일 일을 너희가 알지 못하는도다. 너희 생명이 무엇이뇨. 너희는 잠깐 보이다가 없어지는 안개니라.' 하신 말씀처럼 인생의 모든 것이 얼마나 헛된 것인가에 대한 생각을 다시 한 번 하게 된다.

그리고 그 집을 덮고 있던 무서운 분위기가 악한 영의 주장이라는 생각이 들었다. 우리 가족은 예수 믿는 사람들이니까 상관이 없지만 예수를 믿지 아니하는 사람들에게는 죽을 수밖에 없는 죽음의 그림자로 작용한다는 것을 감지할 수 있었다. 그것을 증명하듯 그 뒤로 그 집에 이사 오는 다른 사람 역시 모두 험한 일을 당하는 것을 보았다. 말하자면 저주의 권세라고 할 수 있겠다.

44. 하늘이 엄마

하늘이 엄마는 생업을 찾아 떠났다. 새로운 곳에 이사 와서 석 달이 채 지나지 않아 남편을 잃고 남겨진 어린 아들 둘을 데리고 시누이가 사는 서울로 갔다.

떠나던 날, 하늘이 엄마가 울어서 부은 눈으로 나를 바라보며 "서울 가서 예수 믿을게요." 했다. 그 순간 내 가슴에 눈물 한 줄기가 목 줄기까지 타고 올라오는 것 같았다.

그리고 서울로 간 후에 두 번 전화가 왔는데 늘 나가지는 못해도 교회에 나간다고 알려왔다.

"하늘아, 고맙다. 정말 고맙다."

다른 말을 할 수 없었다. 전도하는 사람에게 가장 기쁜 말은 예수 믿는다는 말과 교회에 나간다는 말이 아니겠는가. 하늘이 엄마가 비록 남편은 잃었지만 아이들과 예수 믿게 됐으니 그나마 위로가 되었다. 또 하늘이와 태산이가 육의 아버지는 잃었으나 우리 영혼의 아버지를 얻었으니 얼마나 기쁜 일인가.

하늘이네가 살던 아래채는 또 잠시 비어 있다가 새로 사람이 들어왔다. 그런데 나는 새로 들어온 사람에게 정이 가기보다 떠난 하늘이네가 그립다.

45. 목사님의 권고

41세 때, 다니던 교회의 담임 목사님의 추천으로 성경전문학교에 입학을 했다.

"집사님은 전도사로 사시면 참 좋을 분인데 성경공부 좀 하지 않겠습니까?"

"저 같은 게 무슨 전도사가 되겠습니까?"

내게는 너무 가당치도 않은 권면이었기 때문에 그 권고를 받아들이지 못했다. 하루하루 겨우 먹고 살아가던 내게 목사님의 말씀은 어떤 면에서는 부담스럽기까지 했다.

며칠 후, 집에서 기도를 하고 방문을 열고 나서는데 얼마 전 우리 교회에 새로 오신 여 전도사님이 마루 끝에 앉아 계셨다. 심방을 오신 것이다.

"기도를 하고 있어서 못 들어가고 이렇게 밖에서 기다리고 있었습니다. 그런데 집사님 방언 기도를 하시던데 기도를 들어보니까 하나님 앞에 불순종하고 있는 것이 있군요."

"……."

"순종하세요, 집사님. 순종을 안 하고 있어서 집사님도 고생하고 딸들도 함께 고생을 하는 겁니다. 사역을 해야 합니다. 하나님 뜻입니다."

여 전도사님이 간곡히 이르고 가신 후에 참 많은 생각을 했다.

'하나님은 왜 나 같은 걸 부르시나.'

그 부름심이 내 머리로는 도저히 이해되지 않았으나 어쨌든 성경공부를 통해 말씀을 배울 수 있다는 생각이 들어 결단을 하고 목사님께 말씀을 드렸더니 즉석에서 추천서를 써 주셨다. 추천서로 인해 공납금 면제를 받게 되어 성경전문학교를 다닐 수 있게 되었다.

그러나 먹고 사는 문제와 공부도 해야 하는 생활은 생각보다 많이 힘들었고 건강까지 좋지 않아 육신적으로도 참 힘들었다. 이전에 간이 나빠 황달까지 들어 죽음 직전까지 갔던 몸이었고, 거기다 신장까지 나빠져 피오줌을 누며 또 한 번 위급한 지경까지 갔던 그런 병든 몸으로 버티자니 견딜 수 없을 만큼 지쳤다. 그만두고 싶은 마음이 몇 번이나 들었다. 그러나 작정하고 시작한 공부인지라 가서 엎드려서 강의를 듣더라도 열심히 해야겠다는 생각으로 착실히 출석을 했다.

그때, 많은 강사 목사님 중에서 지금도 잊히지 않는 목사님이 계셨는데 헬라어 과목과 기독교 교리를 담당하신 박 목사님이시다.

한 학기가 끝나 기독교 교리 리포트를 돌려받아 들춰보니 A+라고 성적을 매겨 놓으시고, "집사님, 어려움 속에서도 승리하시기를 바랍니다. 백합은 가시에 찔릴 때마다 향기를 토한답니다."라고 적어 놓으셨다.

그 순간, 가슴에 감동이 진하게 전해져 왔다. 어려운 생활을 가슴 아파하시며 위로로 주신 말씀이라 하나님의 음성같이 들려졌다. 지금도 어려울 때는 그때 주신 목사님의 말씀을 생각하며 힘을 얻는다.

"백합은 가시에 찔릴 때마다 향기를 토한다."

46. 공급하시는 하나님

성경전문학교를 졸업하고 함께 공부했던 사람들은 전도사로 대부분 파송되어 나가고 사명감도 없던 나는 여전히 가난에 허덕이며 세상살이에 바빴다.

아는 목사님 한 분이 자신은 전라도에 있는 교회에서 불러 가시게 됐다며 목사님이 돌아올 동안 자신이 세운 교회를 나더러 맡아 일하면 어떻겠느냐고 물어왔다.

"목사님. 전라도에는 못 가실 것 같은데 그냥 목사님이 계속 하시지요." 했더니 놀라서 쳐다본다.

생각지도 않았던 말이 내 입을 통해 나간 것이다.

결국 목사님은 전라도 교회에 가지 못하고 자신이 개척한 교회에서 계속 목회를 하시게 됐다.

사명감이 전혀 없던 나는 교회에서 중등부나 고등부 학생들을 가르치는 것으로 직분을 잘 감당하고 있다고 생각하며 보냈고 그저 먹고 사는 일에 최선을 다했다.

예수님이 부활하신 후, '나는 물고기 잡으러 가노라' 했던 베드로같이 여전히 소명의식 없이 생업에 열중해 있었던 나에게 어느 날 늘 예수에 미쳤다고 나를 손가락질을 하던 가까운 사람이 근처에 신학교가 생겼으니 가보라며 신학교 광고가 실린 신문을 건네주었다. 평소에 신학 이야기만 나오면 "서울까지는 멀어서 신학을 못 하겠다."고 말했었는데 이제 가까운 곳이니 한번 가 보기나 하자는 심정으로 찾아갔다.

학장님을 만나 이야기를 했더니 웃으며, "사십이 넘어 신학을 하시려고 하는 걸 보니 젊은 사람처럼 학력을 따러 온 것 같지는 않고 사명감으로 온 것 같으니 공납금을 내고 입학 서류를 갖추십시오." 한다.

염치 불고하고 내친 김에 "학장님. 공납금이 없습니다." 했다.

어이가 없었는지 학장님이 한참 나를 바라보더니 "그러면 일주일 간 서로 기도한 후에 다시 만나서 이야기 합시다." 하셨다.

일주일 후 다시 학교로 갔다.

"기도해보니 어떻습니까?"

"여전히 물질은 주시지 않고 공부는 하라고 하시네요."

"학교재정이 어려운 가운데 있지만 하나님이 하라시면 해야지요."

학장님이 싱긋 웃더니 입학 서류를 내 주셨다.

허락을 받고 집으로 돌아오니 먹을 것도 없는 집안 형편이 공부할 마음을 무너뜨린다.

'그래 당장 먹을 것도 없는데 어떻게 공부를 하나. 무언가 일을

해서 먹고 살아야지.'

이튿날 아침에 일자리를 알아보려고 집을 나설 생각으로 몸을 일으키는데 이게 웬일인가? 마치 굼벵이가 동그랗게 말린 것처럼 허벅지와 가슴이 붙다시피 되어서 일어설 수가 없다. 몇 번이고 안간힘을 쓰며 일어나려고 시도해보지만 나뒹굴어지기만 할 뿐이다. 동그랗게 몸이 말아진 형태로 하루를 지내는데 기가 찼다. 그런데 어느 순간 깨달아지기를 신학을 미루니 하나님이 다른 것을 못하게 막으시는구나 싶어 우선 다급하게 회개부터 했다.

"나를 풀어주시면 신학을 하겠습니다."

어쩔 수 없이 두 손 들었더니 그 순간 방문 밖에서 오랜 친구 같은 C 집사가 부른다.

"집사님 계십니까?"

꼼짝달싹도 못하고 있는 내 모양을 집사님이 보고 말했다.

"OO약국에 가면 그 병에 바로 듣는 약이 있습니다. 내가 가서 사가지고 올게요."

집사님이 사준 약을 먹고 거짓말같이 하루 만에 몸이 펴졌다.

더는 피할 수 없어 입학을 하고 말았다. 그러나 공납금 전액을 면제 받고 입학은 됐지만 이제 교재비와 시외까지 다녀야 하는 교통비, 거기다 점심밥 등 대책이 서지 않는다.

학교생활이 시작되었다. 점심밥은 교무실에서 학교 재정으로 자주 사주기도 해서 먹기도 하고, 강사 목사님 중에 사 주시는 분이 있으면 대접받기도 하고 얼굴에 철판 깔고 자식 같은 과 학생들 밥을 뺏어 먹기도 했다.

리포트를 작성하기 위해서는 일주일에 20권이 넘는 부 교재와 참고 서적을 사야 하는데 돈이 없어 대신에 학생들에게 책값을 걷어

책 심부름을 해주며 먼저 읽고 리포트를 작성한 후 돌려주었다. 덕분에 책을 사지 않아도 숙제를 할 수 있었다.

한 학기를 무사히 마치고 가을 학기가 왔다.

또 다시 책을 어떻게 살 수 있을까 하고 있는데 오래 전 같은 교회를 다녔던, 지금은 전도사로 일하고 있는 정 전도사님으로부터 몇 년 만에 전화가 왔다.

"읽을 만한 책이 있습니까?" 묻기에 혹시 필요한 책이 있어 빌리려고 물어보는 줄 알고 "저한테 책이 뭐 있겠습니까." 했더니 계좌 번호를 불러달라는 것이다. 책값을 좀 부치겠다고 한다.

이야기를 들어보니 한 달 전부터 새벽 기도를 하려고 하면 나에게 책값을 보내라고 음성이 들리더라는 것이다. 정 전도사님은 환상이나 꿈이나 하나님 음성 듣는 것을 이단시하는 사람인지라 애써 음성을 무시하고 잘못 들었다고 부정을 했는데 그 음성이 한 달 내내 들리더라는 것이다.

몇 년 동안 서로가 못 만나는 사이 우리 집 전화번호가 몇 번이나 바뀌었는데 어떻게 알았는지 신기하기도 하고 정확하게 책을 사야 하는 시기에 책값을 주려고 하는 것도 신기했다. 전도사님이 시무하고 있는 교회의 장로님이 전도사님의 책값으로 매달 얼마를 주시는데 그 돈을 나에게 보내겠다는 것이었다.

며칠 후 전도사님으로부터 책값이 입금되어 왔다.

나의 모든 형편과 어려움을 아시는 주님이 전도사님을 통해 역사하신 것이다. 사실 신학교에 입학한 후부터 이 모든 어려움을 하나님께 맡기자고 작정 금식기도를 시작을 했는데 없어서 못 먹으니 실제로는 금식 아닌 굶식이 되었다.

거의 졸업할 때까지 한번 작정 기도를 시작하면 백일씩 하루 한 끼만 먹으며 기도를 했다. 그런데 그 한 끼 먹는 것을 어느 누군가가 꼭 대접을 했는데 하나님의 세심하고 자상한 손길이 그렇게 나를 먹이신 것이다. 까마귀를 통해 엘리야를 먹이신 하나님의 공급하심이 나의 생활 속에서 날마다 나타났다.

기도 외에 또 다른 은혜로는 찬송이 있다. 입학 후 기도를 시작할 때부터 깊은 감동을 주신 찬송으로 352장 '내 임금 예수 내주여'라는 찬송이다. 점심시간, 학생들이 운동장에 나가버리면 혼자 남아 기도하고 찬양하는데 하나님께서 얼마나 많은 은혜를 베푸시는지 '내 임금' 하고 시작만 해도 가슴이 떨리기 시작하면서 하나님이 내 임금 되심에 대한 감격에 엄청난 눈물과 감동으로 펑펑 울며 찬양했다.

'하나님이 내 임금이시다…….'

'하나님이 내 임금이시다…….'

미칠 것 같은 기쁨과 감격이 나를 못 견디게 만들었다.

성 프랜시스가 산 동굴에서 기도하다가 예수의 십자가 보혈이 물결같이 밀려오는 것을 경험하고 굴에서 뛰어나가 아시아의 거리를 통곡하며 돌아다녔을 때 사람들이 왜 그렇게 되었냐고 물으면 "예수 그리스도의 사랑이 나를 이렇게 못 견디게 한다."고 말했던 것처럼 찬송을 통해 하나님의 사랑이 나의 작은 가슴을 송두리째 휘감는 체험을 했다.

또 공납금 전액 면제에다 식사까지 자주 제공해주고 책까지 더러 사 주셨던 학장님과 교수님들의 은혜. 하나님이 하시지 않으면 어떻게 이런 일들이 있을 수 있겠는가.

그 당시 나에게 생긴 별명이 둘 있는데 밥을 뺏어먹고 두려움 없이 발표한다고 학생들이 '철판'이라는 별명을 붙여주었고, 기도 많이 한다고 '기도용사'라는 별명을 학장님이 붙여주셨다.

　나를 보면 큰 음성으로 "우리 기도용사" 하시며 엄지손가락을 들어 보이시던 학장님의 모습이 지금도 잊히지 않는다. 학장님은 나에게 은인 중의 은인이다."이 학교가 세워진 것은 집사님 한 분을 위해 하나님이 세우신 것인지도 모릅니다." 하시더니 내가 졸업하던 해에 학교가 부산으로 이전해 갔다. 지금도 생각해 보면 도무지 이해가 되지 않는 부분이다. 서울, 울산, 부산 등지서 신학교를 하시는 분이 왜 시골이나 마찬가지인 그곳에 학교를 세웠을까. 그 당시로서는 1억에 200만 원을 내는 엄청난 세를 부담하면서 지하 1층, 지상 3층 그리고 1000평에 가까운 그런 큰 곳을 선택하셨는지……

　이후에는 미국에 건너가서서 학교를 세우시고 또 나를 입학시켜 주시며 죽을 때까지 공부하라고 권유하셨다. 또 내가 졸업을 하던 해에 신학교를 부산으로 옮겨가며 학교 건물에 교회를 개척해보라고 하셨는데 학장님이 이전에 교회를 할 때 쓰시던 꽤 값비싼 강대상과 드럼과 악기까지 나에게 모두 선물하셨다.

　얼마든 상관없이 세를 자신이 부담할 테니 꼭 교회를 이 자리에서 해보라시며 격려하셨지만 결국은 그곳에서 못하고 말았다. 그러나 그 고마운 마음만은 잊을 수 없다. 인생에서 그런 은인을 만나게 하심도 하나님의 은혜라는 생각으로 너무도 감사하다.

내가 신학교를 다닐 무렵에 큰딸이 서울에 있는 대학교를 가겠다고 지원을 하게 되었다. 어려운 형편에 두 사람이 동시에 대학교를 다니게 되면 어떻게 해야 하나 걱정이 되었다. 나야 하나님의 은혜로 모든 걸 면제받고 공부하고 있지만 이제 앞으로 감당해야할 딸의 입학금과 기숙사비, 교재비, 잡비 등.

9살 때부터 엄마와 동생을 먹여 살려온 딸이 제 나름대로 미래에 대한 생각을 얼마나 많이 해 왔겠으며 진학문제를 놓고 고민은 또 얼마나 했겠는가. 딸의 이야기로는 꼭 장학생이 되어서 학비도 면제받고 기숙사비는 과외를 해서 벌겠다는 계획을 가지고 시험을 보겠다는 것이다.

이 생각 저 생각으로 내 마음이 복잡한데 학교를 마치고 집으로 돌아오는 길에 K 집사님이 나를 향해 충고를 했다.

"이 집사님, 지금 꼭 공부를 해야 됩니까? 공부는 다음에 먹고 살 만할 때 하시고 지금은 아이들과 먹고 살 길을 먼저 찾아보십시오. 공부는 다음에 형편이 좋아지고 난 후에 해도 되지 않겠습니까?"

순간 차 안에 함께 있던 학생들의 눈이 일제히 K 집사님을 향해 돌려졌다. 모두 '어떻게 저런 말을 할까…….' 하는 눈빛이었는데 집사님은 아랑곳 않고 계속 공부는 천천히 하라고 나를 설득한다. 괴롭고 힘들 때 위로는 못 해줄망정 그만두라는 권면이나 하다니…….

나름대로 공부하겠다고 학교를 마치고 돌아와서는 신문에 광고를 내서 건강식품 주문을 받아 밤중에 배달을 하며 어렵게 살아가고 있는데 너무하다 싶은 마음이 들었으나 경제적으로 어렵지 않은 사람이 어떻게 남의 사정을 알겠는가, 하는 생각도 들어 아무 말도 하지 않았다.

'그래, 남이 볼 때는 미친 사람으로 보일 수도 있겠지.'

그러나 이제라도 하나님의 뜻에 순종해야 한다는 한 가지 마음으로 주변의 모든 조롱도 감수하며 누가 뭐라고 하건 귀에 담지 않았다. 노아가 산꼭대기에서 방주를 지을 때 얼마나 많은 사람들이 조롱했겠는가. 세상 사람이 나를 향해 무슨 말을 하든지 하나님만 바라보고 걸어야겠다는 결심만 더 굳게 할 뿐이었다.

더러는 예수에 미쳤느니, 대강 믿으라느니, 정도가 지나치다는 등 많은 말들을 했지만 그래도 내 마음은 조금도 흔들리지 않았다. 말하자면 더 오기가 생겼다는 것이 정확한 표현일 것이다. 굴하지 않고 열심히 출석했다.

'세상 사람 날 부러워 아니하여도 나도 역시 세상 사람 부럽지 않아……'

학교 가는 길에는 혼자 복음성가를 흥얼거리며 찬양을 신나게 했다. 밥을 굶어도, 누가 나를 욕해도, 미쳤다고 손가락질을 해도 나와 상관없는 일 같았다. 그러나 인간인지라 딸에게 미안한 마음이 들었다.

48. 여호와 이레

딸이 H 외대에 합격했다. 그러나 기쁨도 잠시, 학자금을 마련할 생각에 걱정이 앞선다. 몇 되지 않는 가까운 사람들에게 부탁을 해

보지만 주변의 모든 사람이 다들 어려운 형편인지라 걱정만 끼친 꼴이 되었다. 가난하지만 따뜻한 마음을 가진 그들은 한결같이 도와주지 못함을 안타까워하며 미안해했다.

날짜는 하루하루 자꾸 흐르고 결국은 금식 기도를 해보자고 딸과 결정을 했다. 공납금 납기일을 3일 정도 남겨 놓은 때였다. 이제 인간적인 방법은 다 써본 후 마지막 방법으로 택한 것이 기도였다.

참 어리석은 모습이다. 처음부터 이 문제를 하나님께 맡기면 될 것을 인간적으로 애쓰고 애 쓰다가 하나님을 찾게 되니…….

이틀을 금식한 날 밤이었다.

딸은 배도 고프고 슬슬 지치기 시작하는 눈치다.

밤 12시쯤 됐을까? 슬며시 누우며 "엄마가 기도해." 한다. 나한테 기도를 전적으로 맡기고 자려는 딸의 모습을 보며 우리가 하나님 앞에 저렇게 맡겨 버리고 근심하지 않으면 얼마나 좋을까, 하는 생각을 잠시 해 보았다.

아주 오래전, 몇십 년 전의 일로 친정어머니에 얽힌 이야기가 생각난다.

둘째 언니가 명문여고에 시험을 쳤을 때 가난한 집안 사정으로 학비 마련이 어렵게 되자, 친정어머니는 미신을 전혀 믿지 않던 분인데도 새벽에 일어나 정화수를 떠 놓고 정성을 다해 빌었다.

"우리 딸, 제발 시험에서 떨어지게 해 주세요."

우습고도 슬픈 일이다. 자식이 시험에서 떨어지기를 기도하던 어머니의 그때 마음이 어떠했을까. 마음씨 곱기로 소문났던 우리 어머니가 그런 소원을 빌었을 때, 아마 마음속으로는 피눈물을 흘리지 않았을까. 생각하면 참 가슴 아픈 가난했던 시절의 이야기다.

그때의 내 어머니를 떠 올리며 나 역시 엄마로서 도리를 하지 못하는 것이 딸에게 너무도 미안하였다.

'내가 할 수 있는 건 기도밖에 없으니 기도를 해야지.' 하며 다시 무릎을 꿇었다.

나도 지치고 잠이 오지만 기도의 짐을 맡았으니 잘 수도 없고 억지로 버티며 기도를 하는데 잠이 쏟아진다. 새벽 3시쯤 되었을 때 버티고 버티다가 잠들고 말았다.

얼마나 눈을 붙였을까? 전화벨 소리에 잠에서 깨어났다. 밤을 새워 기도를 하려던 것이 수포로 돌아갔다는 생각에 기분이 씁쓸했다. 무언가 실패를 한 기분이다. 비몽사몽간에 전화를 드니 이전에 다니던 교회의 딸 친구다. 중보기도를 할 때면 눈물 쏟으며 하는 청년이다.

"어떤 분이 집사님을 좀 만났으면 하는데 나오실 수 있습니까?" 하고 묻는다.

이름을 들어봐도 모르는 사람이다.

어쨌든 약속을 잡았다. 오전 9시에 약속장소인 제일 은행 앞으로 가니 전혀 얼굴도 모르는 젊은 청년과 아가씨가 서 있다. 곁에 딸의 친구가 함께 서 있다가 나를 발견하고는 은행 안으로 무조건 들어가자고 한다. 거기서 아가씨가 지갑을 열어 돈을 꺼내며 말했다.

"일단 공납금부터 입금하고 나서 자초지종을 이야기할게요."

"사유를 알아야 이 돈을 받지 어떻게 받겠습니까?"

"입금부터 하고 나서 이야기해요."

떠밀리어 창구까지 가서 입금을 했다.

돈을 입금하고 나서야 자기소개를 하는데 들으니 그 청년과 아가씨는 여자중학교 교사인데 둘은 결혼할 사이로 서로가 가난한 형편이라 앞으로 함께 살 임대 아파트를 계약하기 위해 3년 전부터 두 사람의 봉급에서 조금씩 떼어 저축을 해 왔다 한다.

결혼을 앞두고 있어 둘이 같이 새벽 기도를 하고 있는데 그날도 새벽기도를 가니 앞자리에서 누군가가 방언으로 간절히 눈물을 흘리며 기도를 하고 있었다고 한다. 방언기도라 알아들을 수가 없었던 그들은 기도가 끝나기를 기다려서 무슨 일로 그렇게 우느냐고 물었고 나와 딸에 대해서 듣게 되었다고 한다. 그래서 아파트 계약금을 들고 나를 만나러 왔던 것이다.

듣고 보니 더 기가 찼다. 내 딸을 공부시키자고 결혼할 사람의 집값을 쓰게 되다니…….

내가 미안해하자, "지금까지 딸과 둘이 기도했지만 앞으로는 우리도 함께 기도할 테니까 하나님이 더 잘 들어 주시겠지요." 한다.

전혀 염려하지 않는 그들의 마음이 미안하고도 고마웠다. 주변의 기도와 도움으로 딸은 서울로 올라가고 남은 우리들은 기도했다. 돈을 갚아야 할 기한은 한 달. 기도는 하지만 돈은 들어 올 기미도 없는 채 거의 한 달이 다 되어 갈 무렵이었다. 딸에게서 전화가 왔다. 목소리가 밝은 것이 좋은 일이 있는 것 같았다.

"엄마! 내가 장학금을 타서 통장에 입금했으니까 빨리 찾아서 빌린 것 갚으세요."

하나님은 어떻게 이렇게 나를 놀라게 하시는가! 너무도 정확하게 응답을 주신 것이다. 그리고 장학금을 받기까지 또 한 가지 놀라운 일이 있었다.

시험을 치고 합격자 발표가 있기도 전에 가까운 사람들이 "딸이 장학생으로 합격됐다고요?" 물었다. 딸 스스로 자랑을 했다는 것이다.

딸에게 왜 그런 말을 하고 다니느냐고 물으니 엉뚱한 대답을 한다.

"미리 자랑을 해 버려야 하나님이 책임을 지시지. 내가 우사하는 건 하나님의 우사도 되니까."

어처구니도 없지만 한편으로는 '참, 나보다 더 믿음이 좋네.' 싶었다.

그런데 합격자 발표는 하지 않고 날짜만 흐른다. 다른 해보다 한 달 늦게 발표가 났다. 그 믿음대로 딸은 장학금을 받았다. 믿음대로 역사하시고 우리 입술의 말을 이루시는 하나님을 우리는 이 일로 체험했다.

…… 여호와의 말씀에 나의 삶을 가리켜 맹세하노라. 너희 말이 내 귀에 들린 대로 내가 너희에게 행하리니.(민수기14장 28절)

49. 섭리

신학교를 다니고 있을 때다.

학교는 다니지만 먹고 사는 문제도 해결해야 하고 채무도 갚아나가야 하는 상황이다. 몇 년을 연체되어 있던 빚 때문에 농협으로부터 최후통첩이 날아왔다.

급히 농협으로 갔더니 담당하는 분이 자리를 권하며 앉으라 한다. 그는 대구에서 이곳에 온 지 몇 개월 되지 않은데 나의 채무 건을 자신이 담당하게 되었다고 하면서 갚을 수 있느냐고 물어본다. 나는 솔직하게 대답을 했다.

"지금 형편에서는 어떻게 할 수가 없습니다."

차근차근 이야기를 하니 형편을 고려해서 조금 더 서류를 미뤄 놓겠노라고 선처를 해 주었다.

"아주머니 서류가 올라오면 이상하게 아래로 내려놓게 되고 아래로 넣어놓은 서류가 1개월 쯤 있다가 다시 위로 올라오게 되면 다시 아래에 놓게 되고 몇 번을 그렇게 하다가 이렇게 불렀습니다. 왜 아주머니 서류만 보면 그런 마음이 드는지 나도 모르겠습니다."

그동안 아무 일없이 빚 독촉을 받지 않고 지냈던 것은 그런 연유였다 생각하니 이분의 마음을 간섭하고 계시는 하나님의 섭리라는 생각이 들어 감사했다.

내가 모르는 사이에도 하나님은 나의 모든 걸 아시고 피할 길도 주시고 도와주시고 있었음을 깨달을 때 오묘하고 신비한 하나님의 섭리가 우리 인생에서 늘 작용하고 있다는 생각에 감사하였다.

50. 중보기도

농협의 빚을 놓고 하나님께 기도하기 시작했다. 3일 금식 작정을 하고 기도를 시작한 지 이틀째 되던 날 밤이었다. 기도 중에 하나님의 음성이 들렸다.

"J에게 기도를 시켜라. 내가 그 딸의 기도를 받겠다."

J는 학장님의 처제다.

이튿날, 학교에 가서 J를 만나서 기도 부탁을 했다.

"집사님을 도울 수만 있다면 기도할게요."

J는 흔쾌히 승낙했다.

이틀은 내가 했으니 나머지 하루는 J가 금식하며 기도를 하기로 했다. 말하자면 기도의 연합이다.

'형제가 연합함이 어찌 그리 아름다운고' 하신 주님의 말씀대로 형제의 사랑으로 금식하며 기도하는 그 모습과 마음이 얼마나 예쁜지 몰랐다.

3일 금식기도가 끝나고 며칠 후 학교에 도착하니 평소에 선교 의료 봉사를 열심히 하며 목회의 길을 준비하고 있는 K 집사님이 나를 보더니 할 말이 있다며 강의실 한쪽 구석으로 데려갔다. 매고 있던 가방 속에서 부스럭거리며 무언가를 꺼내는데 신문뭉치였다.

"이걸로 빚 갚으세요."

펼쳐보니 3백만 원이 들어있었다. 정확하게 빚을 갚을 액수였다. K 집사님은 전부터 나의 빚 문제를 알고 있었는데 도울 길이 없을까 생각하다가 부인 되는 집사님에게 이 문제를 이야기하게 됐고 부인 집사님은 학교 교사라는 명목으로 대출을 쉽게 받았다고 한다.

"다음에 언제라도 돈이 되면 갚아주세요."

우리가 기도하는 시기에 딱 맞춰서 K 집사님의 마음이 감동됐던 것이다.

'아! 하나님이 우리 기도를 들으셨구나.'

엄밀히 말하자면 J의 중보기도를 들으셨던 것이다. 색다른 경험이다. 누군가를 지정하시며 기도하기를 원하시고 그 기도를 들으시겠다고 말씀 주시고, 또 응답하신 하나님.

'아브라함이 기도할 때 하나님이 아비멜렉의 가정을 치료하심'과 같이 다른 사람의 중보로 빚 문제를 해결하심이 너무도 기이하였다.

사람이 가히 짐작도 할 수 없는 방법으로 역사하시는 하나님의 도우심 앞에 다시 한 번 머리가 숙여졌다.

Part 6

목회의 시작

PART 6
목회의 시작

신학교를 졸업하고 나서 함께 공부한 남자 전도사님이 개척한 교회에 동역으로 가게 되었다. 학장님이 나더러 함께하며 기도로 뒤에서 밀어주는 게 좋겠다고 의견을 내셨고 전도사님이 흔쾌히 승낙을 했기 때문에 이루어진 일이다.

그러나 세를 낼 수 없는 어려운 형편에서 내가 다른 데로 가는 게 낫겠다는 생각이 들었고 몇 개월간 함께 동역하며 기도하는 중에 오순절 교회의 어느 목사님 소개로 진해에서 목사님 한 분이 나를 보러 오셨다. 보자마자 첫인상이 정말 좋다며 하루속히 진해로 오라고 말씀하셨다.

첫 사역이 시작되었다.

가서 보니 생각보다 교회의 상황이 엉망이었다. 30명이 넘는 성도가 목사님께 시험이 들어 교회를 떠난 상태였다. 한 집 한 집 심방을 하는데 반응들이, '그 목사님이 모셔온 전도사가 별수 있겠어?' 라는 반응이다. 말하자면 '그 목사에 그 전도사'라는 뜻이다. 그러나 그대로 있을 수 없어 심방을 시작했다.

어느 여 집사님의 가게로 심방을 가니 덩치가 만만치 않은 남편 집사님이 큰 덩치로 가게 입구를 막으며 들어서지도 못하게 한다. 또 다른 집을 가니 싸늘한 얼굴로 말도 붙이지 못하게 한다.

이튿날 다시 심방을 갔다. 어제 가게 입구를 막고 조금도 들어설 수 없도록 틈을 주지 않던 남자 집사님이 가게 중간쯤까지 길을 열어 약간 양보를 했다. 둘째 날은 그렇게 해서 가게 중간까지 들어가서 좋은 얼굴로 인사를 하고 기도하고 돌아왔다.

3일째 되던 날 다시 찾아갔더니 남자 집사님이 "전도사님 오셨는데 점심이라도 시켜드리지." 하며 부인 되는 집사님을 쳐다보았다.

부인 집사님이 남편의 의외의 말에 활짝 웃으며 안쪽으로 자리를 권했다. 그리고 점심을 시켜주었는데 이 음식을 먹어야 이야기하기가 쉽겠다 싶어 시장하지는 않았지만 대접을 받았다. 그날은 두 분 집사님 부부의 이야기를 들어주고 교회에 다시 나오라고 권하고 돌아왔다. 그렇게 30명이 넘는 성도들을 모두 돌이키는 데 한 달이 걸렸다.

떠났던 성도들이 다 돌아오고 평정을 찾는가 싶었는데 거의 밤마다 정작 목사님은 서울로, 어디로 기도원을 찾아 떠났다가 돌아오셨다. 은사 받는 데에 혈안이 되어 교회는 돌아보지 않고 밤이건 새벽이건 어딘가로 차를 몰고 갔다 오시곤 했다.

자연히 새벽기도, 구역예배, 금요철야, 학생회, 모두가 내 몫의 일이 되었다.

한 구역의 예배를 처음 맡아 드리게 되었던 어느 날이었다. 오순절 교회인지라 '다른 측에서 온 전도사라 은사도 없을 것'이라는 선입견으로 대하는 것이 보였는데, 하나님은 주의 종 창피는 시키지 않으시려고 첫 구역예배에서 생각지도 않은 성령의 강한 회개를 주셨다. 별로 준비도 되지 않은 상태였는데 예배를 시작하자마자 모인 무리의 위로부터 강한 성령의 임재가 느껴졌는데 모두가 동시에 임재를 느낀 것이었다. 성령의 강한 임재에 일제히 회개가 터져 나왔고 모인 열대여섯 명이 통곡을 하게 되었다.

그 예배 후, 소문이 퍼져 다른 구역도 모두가 구역장들이 뒤로 물러나 앉으며 "우리도 전도사님을 모시고 구역예배를 드리자."고 하여 월요일부터 구역예배를 계속 돌게 되었고, 금요일까지 구역예배를 모두 맡아 드리게 되었다. 그러자니 월요일부터 금요일까지 하루에 서너 가정을 돌아야했다.

이때 구역예배를 통해 시험이 들고 식어있던 성도들의 마음들이 열리게 되었고, 서서히 모든 교인들의 마음이 하나가 되어갈 무렵의 어느 주일날이었다.

오전 예배 후 모두가 점심을 먹는 자리에서 목사님이 숟가락을 상에 던지며 화를 불같이 내며 일어서더니 "전도사님, 나 좀 봅시다." 하셨다. 목양실에 들어가니 "전도사님과 나는 영이 달라서 한 사람은 나가야 됩니다."라고 말씀하셨다.

갑자기 당하는 일이라 놀랐지만 냉정하게 말했다.

"목사님이 개척하신 교회니까 제가 나가야 되겠지요."

밖에서 귀를 기울이던 성도들이 놀라서 다들 어찌할 줄을 몰랐다.

이튿날부터 저녁마다 성도들이 번차례로 찾아왔다.

"우리는 전도사님을 보고 교회에 다시 돌아왔는데 전도사님이 가시면 우리는 어떻게 합니까?"

그중 가장 애먹이던 남자 집사님은 눈물까지 흘리며 울었다.

결국 모든 성도가 의논한 결과 내놓은 안건은 전도사님을 모시고 '우리가 나가서 교회를 세우자'였다. 사실 돌아갈 곳 없는 나로서는 반가울 수 있는 좋은 조건이다. 거의 대부분 성도가 군인 장성급 가족이고 여자 집사님들 거의가 큰 가게를 하고 있기 때문에 교회를 세워도 물질로는 어렵지 않고 넉넉한 형편이었다.

"모든 건 우리가 다 할 테니까 그저 전도사님은 따라 오시면 됩니다."

그러나 나는 교회를 분리시키는 것 같아 떳떳하지 못한 생각이 들었고, 또 교회가 분리되는 모습을 많이 보아왔기 때문에 이건 하나님이 합당히 여기시는 일은 아닐 것이다, 하는 결론을 내리고 붙드는 성도들을 뿌리치고 갈 곳도 없이 무작정 이삿짐을 쌀 수밖에 없었다.

그런데 짐을 싸다가 뒤에 있는 물건을 집으려고 오른팔을 뒤로 젖히는데 팔 쪽에서 찍, 하는 소리가 나며 근육이 찢어졌다. 이 근육이 풀어지기까지 이후로 1년 3개월이 걸렸는데 별별 치료를 다 해봐도 낫지 않던 것이 어느 날 문득 '이건 양들을 버린 것에 대한 하나님의 징계다' 하는 깨달음이 와 눈물로 회개했더니 깨끗이 나았다.

그렇게 무작정 짐을 싸서 통영 방면으로 오다가 통영까지 들어오지 못하고 작은 읍에서 방 하나를 세를 얻게 되었는데 일단 짐을 부려놓고 생활정보신문에서 모텔 청소하는 일자리를 발견하고 무작정 찾아갔다. 사정을 이야기하고 선불을 좀 해 달라고 말하니 딸과 나를 번갈아 쳐다보다가 의심 없이 반 달치 월급을 먼저 선불로 주었다.

그 돈으로 방세를 내고 약속대로 모텔 청소를 가게 되었다. 산중에 있는 모텔이었는데 여 사장이 명문여대를 나온 지식인이었고, 그 남편 되는 분도 명문대 법대를 나온 정말 사려 깊고 성격 좋은 분으로서 두 분 다 나에게 많은 은혜를 베풀었다.

며칠 만에 카운터까지 믿고 맡겼고 땅이 많으니 무엇을 하든지 돈이 될 만한 일을 해 보라기도 하고, 전원 교회를 세워 보는 것은 어떠냐고 하며 자기 곁에서 무엇을 하면 전적으로 도와주겠다고 하면서 자매같이 정을 쏟았다. 때로는 자신이 경영하던 식당의 주방장을 시켜 닭을 고아서 나를 특별하게 먹이기도 했다. 생각하면 참으로 고마운 분들이다.

그러나 두 달 정도 일을 할 무렵의 어느 날, 무서운 사건이 생겼다.

청소를 할 때는 2인 1조로 하게 되는데 그날따라 함께 일하는 할머니가 나오지 못하여 할 수 없이 혼자 청소를 하게 되었고 카운터의 계산까지 도맡아 하게 되었다. 모텔의 2층 가운데 복도에는 빨간 주단이 깔려 있고 낮에도 거의 앞만 보일 정도로 작은 불을 켜 놓았는데, 그날따라 왠지 무서운 생각이 들면서 빈 방을 청소할 때도 등 뒤가 돌아봐졌다.

그런대로 낮을 보내고 어느덧 밤이 되어 혼자서 또 2층의 한 방을 청소하고 있는데 현관을 걸레질하고 있을 때였다.

저 멀리 복도 끝에서 흰 옷을 입은 17,8세 되는 여자 귀신이 가슴에 고양이를 안고 미끄러지듯 내 쪽으로 오고 있는 것이 아닌가. 무슨 노래인가는 알 수 없었지만 허밍으로 슬픈 노래를 부르고 있었는데 겨울 바람소리 같기도 한 그런 소리가 함께 섞여 들렸다. 머리 끝이 서면서 얼마나 무서운지 아래층으로 뛰어 내려갔다.

밝은 카운터 방에서 한숨 돌리고 있는데 잠시 후에 여 사장이 돌아왔다. 그러나 영업집에서 귀신을 봤다고 말을 할 수 없어서 아무 말도 못하고 말았다. 그래서 말을 돌려서 내일부터는 일을 하러 오지 못할 사정이 있다고 둘러댔다.

그 이튿날, 여 사장으로부터 오라는 간곡한 부탁을 다시 받았지만 지난밤 악몽이 떠올라 도저히 갈 수 없었다.

하나님이 그 일을 못하게 막으시는 것 같아 다른 일자리를 알아보았지만 구할 수 없었다. 병약한데다 오른팔의 근육이 찢어진 채여서 한쪽 팔을 힘을 줄 수 없을 정도였기 때문이다. 더 이상 그곳에 머무르지 못하고 정리를 하고 통영으로 돌아오게 되었다.

52. 장막을 통한 영적 훈련

집을 구하러 다니다가 조그만 방이 둘인 길가의 집을 얻게 됐다. 그 집을 얻은 가장 큰 이유는 다락방이 딸려 있는 것이었는데, 그 다락방에서 기도도 하고 책도 읽기도 하려고 그 집을 택하게 됐다.

이사하고 며칠 뒤, 두 딸이 안방에 들어가기 무섭다고 작은 방에서만 지낸다. 그 말을 듣고 이건 영적인 문제다 생각하고 아이들이 학교에 간 후에는 혼자 안방에 들어가 기도를 하기로 했다.

처음 며칠은 기도를 하는데 무서워서 할 수 없을 정도로 어떤 악한 영의 기운이 느껴졌다. 특히 다락으로 올라가는 계단에 얼굴이 시커먼 비쩍 마른 남자가 팔짱을 끼고 쪼그리고 앉아 나를 내려다보는 것 같은 느낌이 강하게 왔다. 애써 두려움을 누르며 한 보름

기도를 하니 방 안에 따뜻한 기운이 서서히 감돌며 오는 사람마다 안방에 가서 앉기를 좋아했다.

두어 달이 지난 후, 어느 날 작은 딸이 학교에서 손가락을 다치는 부상을 입었다. 갑자기 닥친 일이라 치료비가 없어 집주인 할아버지한테 돈을 빌리러 갔더니 할아버지가, "손가락 다친 거야 별 거 아니다. 나는 생떼 같은 자식도 잃은 사람인데 너무 상심하지 마라." 하신다.

그러면서 아무에게도 말하지 않은 비밀이라고 하시며 털어놓으셨다. 할아버지에게는 사십 넘도록 결혼을 하지 않은 아들이 있었다 한다. 직업이 별로 시원찮았던 아들이 어느 날부터 배를 한 척 사 달라고 청을 해서 할아버지는 빚을 내 배를 두 척 장만해 주었다. 아들은 열심히 살려고 노력을 했지만 태풍으로 배를 두 척 다 잃었다. 이에 아들은 충격과 상심으로 술만 마시며 소일을 하다가 어느 날 할아버지가 밭에 간 사이에 농약을 먹고 자살을 했다고 한다. 그 죽은 자리가 다락방 바로 밑이라고 했다.

사단은 죽은 할아버지의 아들의 모습을 하고 내가 기도를 할 때마다 무서움을 주며 지켜보고 있었던 것이다.

할아버지에게 아들의 모습을 물어보니 내가 영감으로 본 모습 그대로 이야기를 하셨다.

사단은 할 수만 있으면 죽은 사람의 모습을 하고 우리를 속이려 한다. 올바른 귀신관이 필요한 때다.

53. 공납금 기도

작은딸이 고등학교를 다닐 때다.

늘 그랬던 것처럼 어려운 살림에 제때에 공납금을 낼 수 없어 어느새 2분기나 밀리게 되었다. 딸도 학교에 등교만 하면 매일 방송으로 교무실로 오라는 부름을 받는지라 괴로워서 밤이면 기도를 하고 자곤 했다.

나름대로 기도도 드리고 했지만 2분기나 밀려 스스로 힘도 없어지는지 하루는 어떡하느냐고 걱정을 많이 하기에 기도하는 수밖에 없다고 말을 하고 기도하고 자라고 했다.

다음 날 아침, 딸이 일어나자마자 흥분된 목소리로 얘기를 한다. 어젯밤에는 그동안 많이 지치고 응답은 없고 힘들어서 그냥 잤는데 비몽사몽 중에 갑자기 우렁우렁한 목소리가 들리더란다.

"사랑하는 딸아! 왜 기도하지 않느냐."

그 순간 딸은 이건 꿈이 아니고 생시라는 것을 직감하고 벌떡 일어나서 사방을 둘러보는데 또 한 번 "사랑하는 딸아! 왜 기도하지 않느냐." 하는 목소리가 들리는데 하나님 음성으로 내 귀에만, 나에게만 말씀하시는 것이란 것을 알 수 있더라 한다.

그리고 며칠 뒤에 학교 운동장을 지나가다 떨어져 있는 휴지가 하나 있어서 주워서 버렸는데, 때마침 담임선생님이 지나가시다가 보고 "아이구, 00이는 참 착하네. 말 안 해도 휴지도 주워서 버리고……." 칭찬을 하셨다 한다.

다음 날에는 야간 자율 학습 시간 전, 저녁 시간에 담임선생님이 부르서서 교무실로 갔더니 "00아. 미안하지만 학교 밑에 있는 분식집에 가서 선생님 저녁밥으로 먹을 김밥 2줄만 사 줄래?" 하서서 심부름을 해 드렸다고 한다.

그리고 그 주 금요일에 선생님이 따로 불러 "00이가 너무 착해서 선생님이 이번에 학교에서 나오는 장학금을 너한테 주기로 했으니까 엄마 계좌번호 하나 내일까지 적어오너라." 하셨단다.

다음날 통장으로 68만 원이 입금되어 들어왔다.

이 일을 계기로 딸은 모든 일에 우선 기도로 하나님 앞에 나가는 습관이 제대로 되어졌다.

때로는 어려움이 우리를 조금 더 한 차원 나은 신앙의 상태로 나아가게 하는 원동력이 되기도 한다. 하나님의 응답이 지연되거나 없을 때 우리는 실망하기보다 이 어려움을 통해서 하나님이 나에게 무엇을 말씀하시나를 알아야 할 필요가 있다. 지금보다 더 깊은 더 강한 기도의 훈련을 위해 하나님은 잠시 동안 우리를 어려움 속에 버려두실 때가 있을 것이다.

지금의 작은 것보다 좀 더 큰 것을 주시기 위해, 강한 믿음의 사람으로 키우기 위해, 못 본 척하시며 더 무릎 꿇고 나아오기를 기다리시는 우리 하나님의 훈련방법임을 알게 된다면 응답이 없다고 실망하거나 지치거나 버림받은 듯한 낙심은 않게 되리라.

매일 어렵지 않게 일일이 채워 주시면 기도할 필요가 있겠는가?

간절히 기도하지 않아도 인생의 모든 것이 순탄하고 늘 형통하다면 그 신앙이 어떻게 성숙해지겠는가?

오순절 교회 쪽에서 심방 전도사로 일하다가 그만 두고 쉬고 있은 지도 2년 정도 흘렀다.

어느 날, H 교회 목사님이 만나자는 연락을 하셔서 찾아뵙게 되었다. 목사님은 함께 사역을 하면 어떻겠느냐고 제의를 하셨다. 쉽게 대답을 할 수 없어 생각을 해 보겠노라고 하고 일어섰다.

한 달쯤 지난 뒤 목사님을 다시 찾아갔다. 먼저 온 손님이 있었다. 마산에서 온 권사님이라고 했다.

그 권사님은 나를 가만히 쳐다보더니 "전도사님은 사역을 하셔야 되는데 왜 안하시고 계십니까?" 묻는다.

대답을 하지 않자 "하나님이 전도사님 생명을 거두어 가시려고 손을 들고 계신데 그걸 모르고 계십니까? 죽는 것보다 사역하는 것이 낫지 않습니까?" 하신다.

무언가 하나님의 목소리라는 생각이 드는 의미심장한 권고였다. 돌아오는 발걸음이 천근만근 무거웠다. 사역을 하자니 건물을 얻을 돈도 없고 또 그간 고생시킨 딸들에게 미안하기도 하고 여러 가지 생각을 하게 되었다.

이튿날, 차비만 가지고 가까운 기도원으로 갔다. 마침 집회 시기라 기도원은 서울서 내려온 성도들로 북적이고 있었다. 기도라도 하고 가려고 맨 뒷자리에 가서 자리를 잡고 앉는데 누군가 달려오듯이 내 앞으로 오더니 반갑게 인사를 한다.

"전도사님. 사역하시려고 기도하러 오셨군요."

H 교회에서 만났던 권사님이었다. 기도하러 갔던 곳에서 다시 그 권사님을 만나게 될 줄이야! 다시 한 번 하나님과 마주친 느낌이다.

더 피할 수 없이 나더러 손들라고 하시는 것 같아 복잡한 마음을 안고 축 처져 집으로 돌아오니 큰딸이 과외를 하고 집에 와 있었다.

큰딸이 몇몇 학생을 가르쳐서 겨우 먹고 살아가던 그런 때다. 하릴없이 우두커니 방에 앉아 있자니 큰딸이 말했다.

"엄마는 하나님의 종이 그렇게 사역을 안 하고 있으면 어떻게 해요?"

순간적으로 이건 '하나님의 음성이다.' 하는 생각이 들었다. 그동안 딸을 고생시킨 것이 미안해서 감히 사역을 하겠다는 말도 못하고 있던 터라 딸 쪽에서 먼저 그 말을 하니 너무도 놀라웠다.

그렇지만 태연한 척, 아무렇지도 않은 척, 말했다.

"사역을 하려면 건물을 세 얻어야 되는데 우리한테 돈이 어디 있어."

그러자 딸이 "하나님이 주시겠지." 하고 말했다.

그런데 그 이튿날 낮에 외출했던 딸이 상기된 음성으로 집으로 전화를 해 왔다.

"엄마. 나 개인과외 학생을 한 명 맡았어."

들어보니 낮에 외출을 했을 때 소변을 보러 공중화장실에 들어갔는데 거기서 고등학교 동창생을 만났다 한다. 반가워하며 딸의 손을 잡더니 "너를 그렇게 찾아도 없더니 여기서 만났네." 하며 어느 사장 집에서 과외 할 사람을 구한다며 소개를 시켜주겠다고 하더라는 것이다. 그 당시로서 꽤 높은 금액인 80만 원을 미리 받고 돌아왔다.

그런데 희한하게도 이튿날에 또 한 학생을 소개받고, 그 이튿날에도 학생을 소개 받았다. 그래서 240만 원이 들어왔다. 빈손이던 우리에게는 큰 금액이었다.

방세가 7달이나 밀려 날마다 욕을 듣던 상황에서 우선 밀린 방세부터 갚고 교회로 사용할 만한 장소를 찾기 위해 정보지를 뒤적거려 보았더니 2,500만 원짜리 전셋집이 있었다. 장소나 건물이나 적당한 것 같아 우선 전화부터 했다. 200만 원 밖에 없으니 나머지는 월세로 해달라고 했더니 만나서 이야기를 해 보자고 한다.

만나 보니 집 주인이 골수 불교 신자였다. 그런데 하나님이 그 마음을 감동시켜 놓으셨는지 교회를 하겠다고 하는데도 "아주머니 인상이 정말 좋습니다." 하며 허락을 했다.

200만 원 전세에 월 46만 원으로 결정을 하고 계약을 했다. 33평 정도 되는 새 건물이다.

급히 이사를 하고 딸과 함께 잔잔한 손질을 했다. 방이 없어 합판을 몇 장 사다가 9평 정도를 막아 방을 만들었다. 친정아버지가 목수인지라 어릴 때부터 보고 들어 웬만한 것은 내가 할 수 있어 인건비가 들지 않았다.

거의 정리를 하고 한숨 돌리며 돌아보니 이 며칠 동안에 이루어진 일들에 하나님이 강하게 역사하셨음을 새삼 깨닫게 되었다.

2001년 6월 1일, 개척 교회의 문을 열었다.

55. 귀신

막 교회를 개척하고 얼마 되지 않은 때의 일이다.

달리 구별된 방이 없었던 터라 낮에는 강대상 아래 앉아 기도하고 밤에는 교회 바닥에서 잠을 잤다. 어느 날 밤 2시경에 눈을 뜨니 교회 입구 문 앞에 새빨간 점퍼를 입은 청년이 벽에 엉거주춤 기대어 서 있었다. 보는 순간, 왠지 몸 전체에서 풍기는 분위기가 온

몸이 물에 젖은 듯 하고 초라하고 불쌍한 분위기다.

"이 밤에 누가 왔나. 출입문은 아까 분명히 잠갔는데……."

자다가 일어난 뒤라 맑은 정신이 없어 문을 잠갔는지 안 잠갔는지 생각하다가 옆에 누운 딸을 깨우며 출입구 쪽을 가리켰다.

"왜? 엄마."

"누가 기도하러 온 것 같은데……." 하면서 출입구를 다시 바라보니 그 청년은 온 데 간 데 없다.

순간적으로 '아! 사람이 아니라 귀신이구나.' 싶었으나 이미 사라진 뒤다. 너무도 선명하게 컬러로 보이니 사람으로 착각하여 귀신을 쫓지도 못하고 놓쳐버렸다.

56. 첫 집

교회를 개척하고 보니 어려운 점이 참 많다. 성도는 딸 둘과 사위뿐이다. 무조건 강대상 밑에 엎드려 기도하고 따로 방이 없으니 잠도 교회 바닥에서 잤다. 기도만이 살 길이었다.

큰딸이 과외를 해서 교회 월세 50만 원 가량을 충당하고 영어를 가르쳐주는 조건으로 초등학생들을 모아 주일부를 만들었다. 영어로 성경말씀을 함께 가르치며 어려운 형편이었지만 어린 생명들이 하나님 말씀을 들으러 오는 것이 너무도 예뻐서 매주 간식을 준비해서 챙겼더니 주일부 아이들은 늘어났으나 도움 받는 곳 하나 없이 버티다보니 몇 년이 흐르는 동안 빚이 점점 쌓여갔다.

그때 나의 조그만 소원은 옮겨 다니지 않아도 되고 세를 내지 않아도 되는 교회였다. 내 나이 50살이 되도록 월세로만 살아온 것에 대해 다시 한 번 생각하게 됐고 이방인도 번듯한 집들이 있는데 하나님을 믿는 자녀로서 내 집 한 칸 없는 것이 참 서글펐다.

집이 있으면 넓은 거실에서라도 예배를 드릴 수 있을 텐데, 하는 간절함으로 하나님 앞에 기도하기 시작했다.

"하나님, 건물은 조립식이라도 좋으니 내 땅을 주십시오. 50평 정도만 주시면 이렇게 빚을 지며 목회 안 해도 되지 않겠습니까?"

그때 큰딸이 말했다.

"엄마는 이왕 달라고 기도하는 거 왜 그 정도의 땅만 원해요? 100평을 달라고 하지."

"여태까지 월세로만 살았는데 하나님이 주신다면 50평도 감사하지."

한마음으로 기도를 하기 원했지만 평수를 일치시키지 못한 채 딸은 100평, 나는 50평을 두고 기도를 드렸다. 그러다가 어느 날, 기도 중에 생각을 하니 이렇게 기도만 하고 있을 것이 아니라 움직여야 되겠다는 생각이 들었다.

'주실 것을 믿고 집을 보러 다녀야 하나님이 주시지.'

그래서 가진 것은 없지만 마음에 드는 곳을 찾아 무작정 집을 보러 나섰다. 아내와 장모가 돈도 하나 없는 처지에 집을 보러 가자고 하니 사위가 어처구니없는 눈빛을 하고 우리를 쳐다본다. 그래도 순종하는 마음으로 차를 몰고 따라나섰다.

어느 복덕방 소개로 조금 변두리로 갔더니 비워진 지 3년이 지나 마당에는 잡초가 우거지고 기둥 밑은 구멍이 뚫린 조립식 집이 한 채 있었다. 집 뒤는 온통 산이었으며 주변에는 무덤이 군데군데 있었고 마당에는 고목 같은 오래된 감나무가 입구 양쪽에 서 있는 집이었다. 근처에 집이라곤 두 채밖에 없었다. 거실까지 온종일 햇빛이 이르는 남향집으로 수리만 하면 참 예쁠 것 같은 집이었다. 그러나 세상 사람이나 풍수지리를 보는 사람이 보면 무덤 터로 제격인 그런 집이었다.

그동안 집을 보러 다니면서 딸이 마음에 든다고 하고 하면 사위와 내가 마음에 안 들어 하고, 사위가 좋다고 하면 딸과 내가 마음에 안 들어 하고, 그렇게 한마음으로 합일이 되지 않더니 그 집을 보고는 세 사람이 동시에 "수리만 조금 하면 참 좋겠네." 하며 한마음이 되었다.

돈 한 푼 없이 그렇게 집을 보고 돌아온 날, 하나님은 정확하게 기도에 대한 응답을 주셨다. 사위를 통해서 정황을 들은 사돈댁에서 돈을 빌려줄 테니까 사라고 하는 것이었다. 기쁜 마음으로 계약을 하고자 매매자를 찾아가니 뜻밖에 생각지도 못한 복잡한 문제가 기다리고 있었다.

건물주와 땅 주인이 서로 다르고 건물주도 행방불명된 상태였다. 그러나 하나님은 그 문제까지도 개입하셔서 사람을 찾을 수 있게 해 주시고 거래를 이루게 해 주셨다. 그리하여 아주 싼 값으로 그 집을 사게 됐다. 그런데 평수를 어쩜 그렇게 정확히 계산을 하셨는지 딸은 100평, 나는 50평을 기도했는데 이도 저도 아닌 딱 중간 평수인 75평이었다.

그렇게 수리를 깨끗이 하고 나니 그림같이 예쁜 전원주택이 되었다. 소원대로 거실도 넓어 15명 정도 되는 성도들이 넉넉히 앉을 수 있었다. 내 평생 처음 가지게 된 집이라 갑절의 기쁨이 있었다. 이 일을 통해 우리 하나님은 우리 마음의 간절한 소원을 아시는 분이심을 다시 한 번 깨달았다.

너희가 악한 자라도 좋은 것으로 자식에게 줄 줄 알거늘 하물며 하늘에 계신 너희 아버지께서 구하는 자에게 좋은 것으로 주시지 않겠느냐.(마태복음7장11절)

57. 집사님 집 사세요

교회를 개척한 지 얼마 되지 않은 때다.

심방할 교인도 없고 그때 손자도 태어나서 손자를 돌보기도 하고 사위가 운영하는 가게에 때때로 들러 자리를 지켜주기도 했다. 그래서 내가 가게에 있는 날에는 거기로 다른 교회 성도나 먼 지역에서 상담을 원하는 성도들이 더러 찾아오곤 했다. 그중 최 집사는 N 교회에서 시험이 들어 4년 정도를 주님을 떠나 있었는데 누군가의 소개로 나를 찾아왔다.

차를 한 잔 대접하고 마주보고 대화를 나누던 중 "집사님. 집을 사세요." 하고 불쑥 말이 나갔다. 순간 집사님이 놀라서 나를 쳐다보았다. 처음 보는 사람한테 그런 말을 했으니 놀랄 만도 했다.

"집은 사고 싶지만 돈이 없습니다."

"돈 가지고 집을 사는 것은 누구라도 할 수 있는 일이고, 아무것도 없는 가운데서 살 수 있도록 되는 것이 하나님의 능력이니 하나님의 능력을 믿고 기도해 보세요."

집사님이 어이없어하는 표정으로 나를 쳐다보았다.

그 표정이 '이상한 전도사도 다 있네.' 하는 것 같았다. 그리고 집사님은 집으로 갔다.

그런데 며칠 후에 집사님이 다시 찾아왔다.

"전도사님, 정말 집을 살 수 있을까요?"

"집사님, 곧 집을 살 겁니다."

"어떻게요?"

"집사님 소원을 아시는 하나님이 물질을 주시지 않겠습니까?"

신기하게도 며칠 후에 최 집사님 세 든 집이 도로확장에 들어가면서 이사 비용을 받게 되었고, 또 시댁에서 오래 전에 이미 시동생에게 넘겨준 논 한 마지기 값을 최 집사님에게 챙겨줌으로써 물질이 들어왔다. 집사님이 돈을 합쳐보니 아파트를 사기에는 500만 원 정도가 모자란다고 한다.

이제 평생소원이던 집을 살 희망에 집사님 얼굴에는 이전에 없던 화색이 돌면서 거의 매일 나를 찾아왔다. 그리고 날짜가 흘러 잔금을 치러야 되는 이틀 전에 다시 찾아 왔는데 죽을상이 되어서 왔다. 왜 그러냐고 물어보니 500만 원이 모자라서 선금 걸었던 것도 떼이게 되었다고 말한다.

"아파트 살 돈을 거의 다 채운 하나님이 500만 원 모자라는 거 모르실까봐 그렇게 울상을 하고 있습니까? 걱정하지 말고 기도만 하세요." 하고 보냈다.

걱정으로 어깨가 축 처져서 가는 모습이 불쌍하기도 하고 믿음 없음이 안타깝기도 했다.

그리고 이튿날, 그 집사님으로부터 전화가 왔다.

"전도사님 돈이 생겼어요."

전날 기운이 빠져 집에 들어가니까 남편이 아내의 기운 없는 얼굴을 보고 무슨 일이냐고 물어서 500만 원을 빌릴 데가 없다고 말하니 남편이 웃으며 장롱 밑에 손을 한번 넣어 보라고 해 시키는 대로 했더니 통장이 하나 있었다고 한다. 통장에는 아내 몰래 17년 동안 푼돈을 모은 것이 정확하게 500만 원이 들어 있었다고 했다.

그러면서 집사님이 물었다.

"전도사님, 제가 시내산 교회에 나가면 안 되겠습니까?"

"집사님이 오고 싶으면 오세요."

그랬더니 그 주에 교회로 왔다. 이 집사님이 우리 교회에 처음 등록한 성도다. 나타난 표적을 봄으로 하나님의 살아 계심을 체험하고 오라 하지 아니해도 자기 발로 교회를 나왔다. 그는 몸에 병도 있고 귀신도 들렸고, 지능도 약간 낮고, 한글도 전혀 모르는, 정말 세상에서 소외당해 어디에도 붙일 곳 없는 사람이었다. 글을 모르니 버스를 탈 수 없어 매주 택시비를 교회에서 주어야 교회를 다닐 수 있는 사람이었다.

천하보다 귀한 한 생명임을 생각하며 잘 양육하고자 말씀을 가르치고 한글도 가르쳤다. 그러나 전혀 배우고자 하는 의욕도 없었고 진전도 없었다. 그래도 그 생명을 귀히 여기시는 하나님의 마음을 생각하며 작은 것부터 성실하게 가르쳤다.

버림받고 소외당하는 약한 자를 사랑하시는 예수님의 그 사랑을 실천하는 것이 교회의 사명이라 생각했기 때문이다.

예수께서 들으시고 이르시되 건강한 자에게는 의원이 쓸데 없고 병든 자에게라야 쓸 데 있느니라. (마태복음 9장 12절)

C 집사 집에서 구역예배를 드리게 된 날이다.

그 가정에 전할 말씀을 준비하고 있는데 계속 '기드온의 두 가지 표적, 기드온의 두 가지 표적'이라는 단어가 떠오른다. 아무리 다른 말씀을 준비하려고 애를 써도 계속 그 단어가 떠올라 '이상하다 C 집사 집에 맞지 않는 말씀 같은데?' 하면서도 그 말씀을 가지고 찾아갔다.

예배를 인도하는 중에 C 집사가 놀란 얼굴로 말씀을 귀 기울여 듣고 있는 것을 보게 되었고, 그저 말씀에 은혜를 받는구나, 라고만 생각을 했다.

예배를 마치고 나니 C 집사가 놀란 얼굴로 말했다.

"어떻게 우리 가정에 오늘 일어난 일을 하나님이 그렇게 정확하게 알고 계시는지 말씀을 들으면서 깜짝 놀랐습니다."

그리고 남편 되는 분이 싱긋 웃으며 곁에서 말한다.

"오늘 두 가지를 한꺼번에 잃었습니다."

직장에서도 해직 당하고, 다리나 마찬가지로 사용하던 오토바이를 잃었다는 것이다.

'아! 그래서 하나님이 기도온의 두 가지 표적을 말씀 하셨구나.'

놀라웠다. 우리의 모든 것을 세세히 살피시고 아시는 주님께서 이 가정에 꼭 필요한 말씀을 주신 것인데 나는 애써 다른 말씀을 준비하려 했으니……

기드온이 표적을 구할 때 한번은 양털이 젖지 않기를 기도했고, 한번은 양털이 젖기를 구함으로 두 번의 표적에 응답을 받은 것처럼 그렇다면 하나님이 C 집사 가정의 문제를 두 가지 풀어주시겠구나, 하는 깨달음이 왔다.

그래서 그 남편에게 조건을 걸고 말을 했다.

"만일 잃어버린 두 가지를 하나님이 내일 다시 찾아 주시면 예수를 믿겠습니까?"

"아! 직장 얻고 오토바이 찾으면 당연히 예수 믿어야지요."

그 이튿날 ,그 남편 되는 분이 외출했다가 아는 사람을 만나 바로 취직자리가 생겼음은 물론이고, 길을 걷고 있는데 어떤 학생 둘이서 잃어버렸던 자신의 오토바이를 타고 눈앞을 지나가는 것을 바로 목격하게 되어서 오토바이를 찾았다고 했다.

그 후, C 집사의 남편은 교회를 나왔지만 잠시 나오다가 편해지면 쉬고, 또 무언가 어려운 일이 생기면 기도해 달라며 나오고 그때마다 조건을 걸며 "일이 해결되면 교회 나가겠다." "찾으면 나가겠다." 하며 예수를 믿는다는 게 조건적인 신앙으로 늘 일관하다가 일 년에 몇 번 출석하는 그런 교인으로 산다. 그나마 지금은 그마저도 하지 않으니 안 보고 믿는 믿음이 얼마나 아름다운 것인지를 C 집사 가정을 통해서 보게 된다.

하나님을 믿는 게 아니라 무언가 내게 이익이 될 때 믿는 척하다가 그게 해결이 되면 다시 믿지 않던 때로 돌아가고, 그러다 어려운 일이 생기면 또 조건을 걸며 그것 기도해주면 교회 나가겠습니다, 하는 그런 태도로 하나님을 기만하는 것이다. 하나님을 그렇게 대할 수밖에 없는 그들을 보며 참 슬픈 생각이 든다.

가난할 때나, 부할 때나, 병들 때나, 건강 할 때, 어려울 때나, 형통할 때나 늘 변함없이 하나님을 의지하고 사랑하는 참 신앙이 되어야 함을 생각하게 하는 일이다.

주일 오후 예배 시간이었다. 설교를 전하고 있는데 '예배를 마치고 빨리 J 집사님 댁에 가서 기도를 해야겠다.'는 생각이 계속 들었다.

예배를 마친 후 J 집사님에게 말했다.

"집사님 댁에 잠깐 들러 기도하고 싶은데 괜찮겠습니까."

"예. 먼저 가서 예배드릴 준비하고 기다리겠습니다."

뒤따라 집사님 댁에 도착하니 뜻밖에 집사님의 어머니가 와 계셨다. 큰아들 집에 계시는 분인데 작은아들인 집사님 댁에 며칠 머무시겠다고 한다. 예수 믿지 않는 분이지만 함께 앉아 예배를 드렸다. 예배를 마친 후 할머니가 눈물을 흘리며 말씀하신다.

"목사님, 내가 이제 죽을란가 헛 게 보입니다."

이틀 전, 이 집에 다니러 오셨는데 식구들이 아침에 다 출근하고 난 뒤에 무심코 대문 쪽을 바라보니 4,50대의 얼굴이 검은 남자 하나가 옷에 물을 줄줄 흘리며 문에 기대어 울고 서 있더라는 것이다. 처음에는 사람인 줄 알고 예사로 여겼는데 좀 있다 다시 보니 여전히 그 자리에 같은 자세로 서 있어서 '아이구, 이건 귀신이다.' 하는 생각이 들며 머리끝이 쭈뼛거리고 무서워지더란다.

옛말에 귀신을 본 사람은 단명하거나 죽는다 했는데 이제 나는 죽는 게 아니냐며 우셨다. 그래서 '이때 전도해야 되겠다. 이것은 하나님의 주신 전도의 기회. 예배 때 이 가정에 오늘 빨리 가서 기도해야 되겠다는 영감을 주신 것은 이 일 때문이구나.' 싶었다.

"맞습니다. 귀신을 보면 명이 짧아지거나 죽는다는 말은 맞습니다. 그런데 귀신을 봐도 사는 방법이 하나 있는데 가르쳐 드릴까요?"

"아이구, 목사님 가르쳐 주소."

"귀신을 물리치는 방법은 딱하나 예수 이름 권세인데 그러자면 예수를 믿어야 됩니다."

"살 수 있으면 믿어야지요."

할머니는 이제야 살길을 찾았다 싶은 안도감에 눈물을 거두고 웃으셨다.

그리고 다음 주일에 J 집사님을 따라 교회 나오셨다.

이 일은 더러운 귀신을 보고 단박에 예수를 영접한 사례인데 실지로 J 집사님이 그 집을 사기 전 집주인 남자가 뱃일을 하다 물에 빠져 죽었다 한다. 사단은 그 죽은 남자의 모습으로 가장하고 나타난 것이다. 어쨌든 집사님이 그동안 어머니를 위해 기도하고 전도하려 애써도 되지 않던 일이 귀신의 출현으로 단번에 주님을 영접케 되었다.

한 영혼을 두려움과 공포 속에 몰아넣어 제 것으로 하려던 마귀의 계교를 파하게 하시고, 도리어 전도의 효과로 나타나게 하신 하나님의 섭리를 느낄 수 있는 사건이었다.

이 일 후에 아는 목사님과 전도에 관한 대화를 하던 중에 이 이야기를 했더니 "그렇게 돼서 전도가 된다면 하나님이 불신자들에게 귀신을 보게 해 주셔서 무서워서 교회 나오게 해 달라고 기도하는 것도 좋겠습니다." 하셨다.

때로는 이처럼 두려움 때문에 하나님께로 인도되는 것도 좋은 방법인 것 같다.

집을 사고 이사를 한 후 넓은 거실에서 예배를 드리게 된 첫 주일이었다.

강대상 앞에 서는데 졸음이 쏟아지며 자꾸 눈이 감겼다. 찬양을 부르는데도 잠을 이길 수가 없다. 정신을 차리려고 눈에 힘을 주는 순간, 성도들의 등 뒤에 참관인처럼 죽 둘러서 있는 귀신들이 보였다. 성도는 열 서너 명인데 둘러 진치고 있는 귀신의 수는 삼사십에 가깝다. 기가 찬 광경이다.

아무것도 모르는 성도들은 경건한 모습으로 앉아 있는데 예배 중이라 물리치는 기도를 할 수도 없는 일이고 해서 일단 마음을 가다듬고 차분히 예배를 시작했다. 이게 무슨 일인가. 사람과 귀신을 섞어 앉혀 놓고 예배를 드리게 되다니…….

찬양을 할 때도 꼼짝 않고 서 있던 이 귀신들이 말씀을 전하기 시작하니 그 순간 일렬로 줄을 서서 도망쳐 버린다. 동시에 잠이 확 깨며 정신이 말짱해졌다.

찬양은 악한 영을 물리치는 힘이 있다고 우리는 상식적으로 알고 있는데 찬양을 해도 서 있던 귀신떼거리들은 그러면 무엇이란 말인가. 말하자면 그것은 강력한 성령의 힘이 실린 찬양만이 더러운 것들을 물리치는 힘이 있다는 말이 된다. 아무 감정도 없이 부르는 찬양과, 단지 목소리가 아름다워 사람이 듣기 좋은 찬양과, 음악성이 있어 잘 부르는 찬양이 과연 힘이 있을까? 하는 의문이 든다. 좋은 경험이었다. 찬양에 대해 다시 한 번 생각할 수 있는 기회였으니까 말이다.

찬양에 관한 것으로는 신학교 다닐 때의 경험이 또 있다.

입학을 하고 나서 하루에 한 끼만 먹는 100일 금식기도를 시작했는데 기도를 시작한 첫날부터 하나님이 뜨거운 은혜를 베푸셨다. 찬송가 352장 '내 임금 예수 내 주여'를 날마다 감동을 가지고 부르게 하셨다.

'내 임금 예수 내 주여, 이 죄인이 주님 앞에 한없는 은혜 받고서 내 생명 모두 드리오니 그 풍성하신 은총을 주 내게 내려주소서.'

이 찬양을 부르면 눈물이 펑펑 쏟아지면서 가사에서 벌써 은혜가 되어 '내 임금'이라는 단어 하나에도 목이 메고 그 다음에는 통곡이 터지는 것이었다. 하나님이 내 임금 되심이 얼마나 감사한지…….

"마귀의 종으로 살던 나를 하나님 자녀 삼아 주시고 나의 임금이 되어 주시다니……. 하나님, 감사합니다. 하나님, 감사합니다." 하며 날마다 가사의 진전도 없이 '내 임금'이라는 대목에서 울고 울었다. 1절을 다 불러본 적이 별로 없을 정도로 늘 그 대목에서 꺽꺽대며 울었다. 하나님이 나의 임금 되신다는 생각만으로도 가슴이 터질 것 같은 감동이 큰 물결 되어 내 작은 가슴을 휘감았다. 신학교를 졸업할 때까지 오직 352장 찬양 한 곡만으로 눈물 흘렸다.

비록 목회자라 하여도 부를 때마다 은혜가 있는 것도 아니고 드물게 한 번씩 성령의 감동하심이 감지되니 아무 감정도 없이 부르는 찬양에서 어떻게 더러운 영을 물리치는 힘이 나오겠는가. 가사 하나 하나의 의미를 생각하며 기도처럼 올리는 찬양이 되어야 악한 영을 물리치는 강한 힘이 나타날 것이다. 하나님은 우리가 전심으로 순수하게 하나님을 생각하며 찬양하기를 원하신다. 그것이 비록 벙어리의 찬양일지라도.

어린 아기와 젖먹이들의 입에서 나오는 찬미를 온전케 하셨나이다.(마태복음21장16절)

찬송으로 하나님 앞에 나아가자.

Part 7

하나님과
겨루는 사람

PART 7
하나님과 겨루는 사람

61. 하나님과 겨루는 사람

시내에 사는 J 집사가 변두리인 교회로 몇 주일 오다보니 동네 아저씨 한 분과 교회 오는 길에 몇 번 마주치게 됐는데 어느 날 불쑥 J 집사더러 "멀리서 왔다 갔다 하지 말고 동네에 팔려고 내 놓은 집이 있으니 그걸 사십시오." 하더란다.집사님의 말을 듣고 집이나 보러 가자고 했다.

집주인은 멀리 부산에 살고 있어서 대신 근처에 사는 친척이 대문을 열어주며 집안까지 구경시켜 주었다.

함께 집을 둘러보던 J 집사는 마땅치 않은 얼굴로 말했다.

"아래채 때문에 하루 종일 그늘이 지겠네. 햇빛도 들지 않겠고, 음산이라서."

중얼중얼하는데 영 싫은 얼굴이다.

"아래채를 헐어버리면 해가 하루 종일 들겠네요."

내가 말하니까 J 집사님이 쩝쩝거리며 입맛을 다신다. 한 마디로 싫다는 표현인 것이다.

집 구경을 하고 온 후 그 집을 사라고 몇 번 권해 보았으나 핑계를 이것저것 대며 싫다고 한다. 온갖 핑계를 대는 집사님의 마음속이 읽혀졌다.

혼자 된 J 집사에겐 사귀던 여자가 있었는데 술주정뱅이에다 주사가 심하고 남자관계도 복잡한 여자였다. 평소에도 수시로 전화를 해서 가난한 J 집사의 호주머니를 털게 만들고 교회봉사를 하다가도 그쪽에서 일방적으로 부르기만 하면 달려가야 하는 그런 얽매인 관계인데 집사님도 즐겨 호출을 당하면서 그런 관계를 유지해왔다. 때문에 시내에 있으면 쉽게 만날 수 있는데 변두리로 오면 만나기가 쉽지 않으니 그걸 염두에 두고 그런 것이다.

그런 이유 외에도 굳이 집을 사지 않으려는 이유를 대자면 여러 가지다. 집 살 돈도 없고, 버스도 자주 없어 불편 하고…… 등등 변명을 한다. 몇 번 권하는 중에 시험이 들었는지 나를 바라보는 눈길도 곱지 않다.

"집사님, 그 집 사세요."

일반적인 목회자와는 다른 말에 단단히 시험이 드는 눈치다.

'과연 이 전도사가 올바른 영적 상태인가.' 싶은지 흘끔흘끔 옆 눈으로 쳐다보며 비웃는 것이 느껴졌다.

집 이야기가 나온 후로 J 집사는 노골적으로 비웃는 얼굴로 나를 대한다. 그래서 평일에 교회 올라왔을 때 붙들어 앉히고 말을 했다.

"집사님, 나하고 내기할까요?"

"뭘요?"

J 집사는 또 입술을 씰룩거리며 비죽 웃는다.

"우리가 보고 온 집이 하나님이 주시는 집이 확실하다면 부산에 있다는 집주인이 나를 찾아와서 천오백에 팔겠다고 먼저 말을 하게 될 겁니다. 그러면 하나님이 주시는 것인 줄 믿고 사겠습니까?"

어떻게 그런 일이 있겠느냐는 눈으로 나를 바라본다.

육적으로 보면 J 집사의 생각이 맞는 생각일 수 있다. 땅 66평에 조그마한 아파트 형식으로 개조한 지 얼마 되지 않는 깨끗한 집인 데다 친척 분의 말로는 개조할 때 비용이 천사백만 원이 들었다고 했고 급하게 팔려고 하니 처음에 삼천삼백만 원에 팔려고 내어 놓았던 것이 천팔백만 원까지 내려간 금액이라는 것이다. 그리고 천팔백만 원 아래로는 절대 팔 수 없다고 못을 박았던 것이다.

더 결정적인 것은 집주인이 먼 부산에 살고 있으므로 나와 만난 적도 없고 본 적도 없다는 것. 동네에서도 뚝 떨어진 산 밑 외진 곳인 우리 집을 그 사람이 알 턱도 없는 것이다.

J 집사님이 나를 비웃는 것도 무리는 아니다.

그러나 나는 이 일이 확실히 이루어질 것을 믿고 선포하듯 말을 했다.

"이 일이 이루어질 때까지 기한은 1주일로 하고 집주인이 나를 찾아와서 먼저 집 사겠냐고 물어오면 하나님이 주시는 집으로 알고 그 집을 사야 합니다."

날짜를 오래 끌면 주인과 내가 서로 연락할 것이라 의심을 할 것 같아 기한을 1주일만 잡은 것이다.

내가 하는 말을 듣고 있던 J 집사님은 절대로 그런 일은 생길 리 만무하다고 생각을 했는지 만면에 웃음을 지으며 자신 있는 태도로 "그렇게 합시다." 했다.

어쩌면 그렇게 불신앙으로 똘똘 뭉쳤는지 하나님의 축복을 받지 않으려고 작정을 한 사람처럼 자신 있게 내기를 하자고 한다.

야곱은 얍복 강가에서 하나님과 겨루되 축복을 받으려고 환도 뼈가 부러질 만큼 천사와 겨루었다고 했는데 J 집사는 반대로 복 받지 않으려고 기를 썼다. 복 받지 않는 쪽에 내기를 건 것이다. 기가 찼다.

4일 후였다.

그날은 수요 밤 예배를 드리는 날이었다.

산중에 있는 교회라 캄캄해지면 사람이 찾아오기 힘든 곳인데 방문이 빼꼼히 열리면서 웬 낯선 청년이 들여다보며 눈짓으로 "언제 예배가 끝납니까?" 묻는다. 설교 중이라 말을 할 수 없어 손가락으로 3개를 세워 보이니 알겠다는 듯 문을 도로 닫고 나간다.

30분이 지난 후 청년이 다시 왔다. 방 안으로 들어오는데 뒤를 따라 아가씨가 한 사람 같이 들어선다. 청년은 방 안에 앉자마자 내게 묻는다.

"아주머니가 우리 집을 본 사람입니까? 그동안 혹시 우리 집을 보고 간 사람이 있는가, 해서 집에 왔더니 동네 사람이 저 산중에 있는 교회 사람이 집을 보고 갔다고 말을 해줘서 찾아 왔습니다. 거두절미하고 우리 집 사세요. 천오백만 원에 팔겠습니다."

순간적으로 모두가 놀라서 서로 쳐다보았다.

특히 J 집사님은 얼마나 놀랐는지 기겁을 하듯 경직되어 나를 바라보았다.

"집사님, 어떻게 할랍니까?"

J 집사님에게 물어보니 아무 말도 못한다.

청년은 이어 말하기를 집을 그 가격에 팔 수 없지만 사정이 급해서 싸게 판다고 하며 사실은 같이 온 아가씨가 동생인데 다방에서 선불을 당겨쓰고 갚지를 못해 고소를 당해서 내일 까지 오백만 원을 갚지 못하면 구속이 된다고 말을 한다. 동생을 위해 할 수 없이 급히 돈을 마련하기 위해 싸게 팔겠다는 것이다. 대신 내일까지 계약금조로 오백만 원을 줄 수 없으면 이 일은 없었던 일로 하자고 조건을 내세운다.

"오백만 원이 어디 있습니까?"

J 집사님은 오백만 원이 없으니 이 내기는 자기가 이겼다는 투로 말한다.

"집사님 형제 중 아무한테나 전화를 해 보세요."

"우리 형제들 중에는 돈 있는 사람 없습니다."

그때 드는 생각이 집에 가서 전화하라고 하면 엉뚱한 소리를 할 것 같아 지금 여기서 아무 데나 전화해 보라고 했다.

사실 집사님 형제들은 집사님에게 돈을 빌려가는 사람들만 있었다. 그중에서도 막내 여동생은 집사님에게 더 자주 돈을 빌려갔던 사람이다. 그런데 전화를 하라고 하니까 하필이면 그중에서도 고르고 골라 제일 가난한 형제인 그 여동생에게 전화를 건다. 곁에서 들으니까 집사님이 돈을 빌려 달라고 말하자마자 동생이 "오빠. 계좌번호 불러주세요. 내일 아침에 500만 원 부칠게요." 한다.

이제 더 피할 수 없이 집사님은 집을 사게 되었다.

이튿날, 500만 원을 들고 법무사로 찾아가서 청년을 만났다. 계약서를 쓰고 500만 원을 계약금으로 건넸다. 그리고 이참에 전도도 할 목적으로 오누이를 식당으로 데리고 가서 밥을 사 먹이며 예수 믿으라고 권했다.

500만 원을 건네고 돌아오는 길에 또 집사님이 볼멘 소리를 한다.

"이제 한 달 안에 1,000만 원을 어디서 구합니까?"

"하나님이 주시겠지요."

그렇게 말하니 집사님은 아무 말도 하지 않았다.

그런데 하필이면 집을 사야 되는 시기에 딱 맞춰서 집사님이 퇴직을 당했다. 집사님뿐만 아니라 40명의 직원이 함께 퇴직을 당했는데 퇴직금을 한 푼도 주지 않고 사장이 행방불명이 돼 버렸다. 경찰에 신고가 되어 지명수배가 내려진 상태라고 했다. 엎친 데 덮친 격이다. 돈도 못 구하고 있는데 퇴직조차 당했으니 어떻게 보면 절망적인 상황이라고 볼 수 있다.

집사님은 계약금으로 이미 건네 버린 500만 원을 날리는가 하여 전전긍긍한다. 집은커녕 밥줄조차 떨어졌으니 그럴 만도 하다.

"집사님, 물질을 부르는 기도의 법칙을 가르쳐 드릴까요?"

"어떻게 기도를 하면 됩니까?"

"집사님 가정의 물질만 구하지 말고 함께 퇴직한 40명의 직원들 가족을 위해 물질을 구해 보세요. 40가구가 굶게 되지 않았습니까? 그들을 위해서 기도를 해 보세요."

며칠 후, 집사님으로부터 전화가 왔다. 음성이 들뜬 것이 좋은 소식이 있는 것 같다. 도망갔던 사장이 돌아왔고 40명을 다 불러서는 1,000만 원씩 퇴직금을 주더라는 것이다. 그렇게 해서 집사님이 그 집을 사게 되었다.

처음에 집 구경을 할 때 했던 말대로 아래채를 헐어버리니 훨씬 집이 쓸모 있게 변했고, 햇빛도 낮 내내 마당에 머물렀다. 헐어버린 아래채 대신 그 자리에 예쁘게 정원도 꾸미고 텃밭도 가꿨다. 누가 그 집을 보고 1,500만 원에 산 집이라고 하겠는가. 하나님은 집 살 마음도 없는 집사님에게 강권적으로 몰아 붙여서 그 집을 사게 하셨다.

이후로 J 집사님은 함부로 비웃지 않았다.

62. 내 양을 버리지 않으리라

아침에 마당을 쓸다가 집 아래 길을 무심코 바라보니 봉고차 한 대가 계속 왔다 갔다 하는 게 눈에 보인다. 이상한 생각이 들어 마당을 쓸다 말고 내려가 보았다. 가까이 가서 보니 S 교회 이 목사님 이시다.

"목사님! 여기는 어떻게 오셨습니까?"

"내가 이 전도사 찾아왔지."

아래 동네에 그 교회 성도가 있어 심방 오신 줄 알았더니 나를 찾아오신 것이다.

"여기는 어떻게 아시고……"

"그래서 찾느라고 몇 번을 왔다 갔다 했잖아."

찾기도 힘든 산동네를 근처라는 말만 누군가에게 듣고 무작정 찾아 오셨다고 한다.

집으로 모셔가 차를 한 잔 대접하고 앉으니 "다른 게 아니고 전도사님이 우리 교회로 오면 어떨까 해서 의논하러 왔어." 하신다.

S 교회는 120명쯤 성도가 모이는 곳이다.

이 목사님은 평소에 내가 존경하던 분으로 이전에 축귀 사역을 하시던 분인데 은사적인 면이 강하신 분이다.

"하나님의 교회 사역은 여기나 거기나 똑같은 것이니 시내산 교회 성도를 데리고 우리 교회에 오면 좋지 않겠어?"

집을 팔아 교회 빚을 청산해야 하는 시점이라 목사님의 제의가 고맙기는 했지만 언뜻 받아들일 수가 없었다. J 집사와 C 집사를 놓고 볼 때 다른 교회에 가서 적응할 수 없는 성격의 사람들이라 쉽지 않은 일로 생각되었다.

"목사님, 감사합니다. 그렇지만 이 성도들은 어떤 교회를 가도 물위의 기름처럼 겉도는 사람들이라 함께 가게 되면 한 두어 달 버티다가 교회를 나갈 사람들인데 저만 생각하고 그 교회에 가겠습니까?"

"전도사님 찾아서 일부러 왔는데 섭섭하네."

"기도는 해 보겠습니다."

집을 팔아 교회 빚을 갚아야 하는 시기여서 참 반가운 제의였지만 성도들을 보니 '이 성도들은 내가 아니면 아무도 거둘 수 없는 사람들이다.' 하는 생각이 들었다.

목사님에게는 죄송하지만 거절을 했다. 집을 팔면 당장 옮길 만한 거처도 없고 돈도 없으니 안성맞춤인 제의라 할 수 있는데도 이건 아니라는 결론이 내려졌다. 특히 J 집사와 C 집사를 생각하니 더욱 그렇다. J 집사와 C 집사는 아무하고도 교제가 되지 않고 한없이 이해를 해야만 겨우 사귐이 되는, 개인적으로 세심한 것 하나하나까지 챙기고 살펴 주어야만 되는 사람들이다. 이들을 내게 맡긴 하나님의 뜻을 생각하며 다른 대책은 없고 끝까지 보살펴야 한다는 사명을 인식했다.

딸과 사위는 "이건 하나님이 길을 여시는 것 같은데 그 교회로 갑시다." 했다.

당장 필요한 사택이 제공되고, 일정한 사례비에, 많은 교인에, 어떻게 보면 성공의 길인 것도 같으나 한 사람이라도 실족하는 걸 원하시지 않으실 하나님을 생각하면 앞으로 또 어떤 험한 길이 예비되었을지라도 묵묵히 나에게 주어진 길을 걸어가자는 결론이 지어졌다.

> 믿음으로 모세는 장성하여 바로의 공주의 아들이라 칭함
> 을 거절하고 도리어 하나님의 백성과 함께 고난 받기를 잠시
> 죄악의 낙을 누리는 것보다 더 좋아하고(히브리서11장24~25)

하나님의 큰 종 모세도 고난을 자처했다고 했는데 보잘 것 없는 나 같은 사람이야 고생은 늘 맡아 해 온 사람이 아닌가. 누구도 돌아보지 않을 이들을 데리고 S 교회에 가는 것은 곧 이들을 버리는 것과 같은 것이라고 여겨졌다.

비유를 하자면 좋은 자리가 나서 재혼해 가는 여자가 자식을 버리고 가는 것과 같은 것이다. 설령 자식을 데리고 재혼해 가더라도 새로운 환경과 피가 다른 형제끼리 섞여 살다 보면 겉돌게 되고 결국은 집을 떠나게 되는 것처럼······.

그러나 목회를 하며 겪어보니 목회자의 그런 심정을 전혀 모르는 것이 성도의 마음들이었다.

바울이 말하지 않았던가.

> 어린아이가 부모를 위하여 재물을 저축하는 것이 아니요,
> 이에 부모가 어린아이를 위하여 하느니라.(고린도후서12장14절)

새집에서 월세를 내지 않고 예배를 드리게는 되었으나 여전히 빚을 진 상태여서 마음이 무겁다. 대강 계산해 보아도 6,000만 원이 넘어서는 금액이다. 처음 산 집이고 사돈댁에서 사 준 것이나 마찬가지인 이 집을 사위는 빚을 진 채로 사는 것보다 팔아서 빚부터 갚자고 한다. 사위한테는 정말 미안하다. 장모라고 도움이 전혀 되지 않는 나를 그래도 끔찍이도 위하고 이해한다.

"장모님! 빚을 갚고 다시 시작하면 되지 않겠습니까?"

또 다시 이 문제를 하나님 앞에 가지고 가 아뢰었다. 이제는 코앞에 당면한 일인지라 하나님께 떼를 쓰다시피 기도를 했다.

"다른 교회에서 나를 찾아오는 성도들은 그래도 하나님의 능력의 종으로 알고 찾아와서 기도를 원하는데 정작 나는 이렇게 빚에 시달리고 있으니, 하나님 이건 정말 체면이 말이 아닙니다. 이제 나는 모르겠으니 하나님이 알아서 하세요."

기도가 아니라 협박과 하소에 가까웠다. 하나님이 들으실 때 얼마나 우스우셨을까.

결국은 온 식구가 의논한 결과 집을 팔기로 합의했다. 프린터에서 서너 장 매매광고지를 뽑아서 거리의 전신주에 붙였더니 하나님의 역사가 확실히 나타났다. 모든 국민이 IMF를 당해 어려운 시기인데 집을 사겠다는 사람들이 얼마나 많이 오는지 산중에 있는 집을 보러 날마다 몇 사람씩 찾아왔다.

이건 앉아서 전도 할 수 있는 황금 같은 기회다 싶어 오는 사람 한 사람 한 사람을 대접해가며 전했다. 하나님이 전도하라고 보내시지 않는 한 어떻게 그런 일이 일어날 수 있겠는가. 산중에서 그처럼 많은 전도를 할 수 있었으니 놀라울 뿐이다.

그 사이사이에도 이곳저곳 은행에서 차압 딱지를 들고 찾아왔다.

그런데 어느 날 Y 은행에서 채권단이 왔다. 손에는 빨간 딱지가
들려있다. 마루에 앉더니 자신이 이상한 경험을 했다고 털어 놓는
다. 임무를 충실히 수행해야 하는데 왠지 이 집에 딱지를 붙이면
안 되겠다는 생각이 들더라는 것이다. 그는 결국 물만 한 잔 얻어
마시고는 돌아갔다. 보고를 할 때는 채무자가 전화도 받지 않고 사
람을 만날 수도 없더라고 올리겠다고 했다. 언덕을 올라오는 그 잠
깐 사이에 하나님이 그의 마음을 움직이신 것이다.

며칠 후에는 H 금융에서 편지가 왔다. 감면 대상이 될 수 있다는
것이다. 빚을 조금이라도 갚을 수 있다는 생각에 급히 창원까지 딸
들과 찾아가서 서류 일체를 제출했더니 감면을 받은 위에 그 감면
받은 액수를 8년 동안 분할 납부할 수 있다는 것이다.

그렇게 2,000만 원 정도가 해결되었다. 나머지 4,000만 원 정도가
남았는데 집을 내어 놓은 지 2주일 만에 매매가 되어 채무는 모두
정리가 되었다.

그런데 이사 갈 비용도 집을 얻을 돈도 하나 없이 되어 버렸다.
할 수 없이 딸이 과외 방으로 쓰고 있는 7평 남짓한 사무실로 짐을
옮겼다. 기억자로 짐을 차곡차곡 쌓아놓고 맨바닥에서 잠을 자며
그곳에서 주일이면 성도들과 모여 예배를 드렸다. 그 좁은 곳에서
잠도 자고 예배도 드리고 과외 학생도 가르치고 생활을 하게 되니
또 다시 절실하게 예배처소가 필요함을 느끼게 되었다.

다시 기도할 곳을 찾아 Y 기도원을 갔다. 그곳에서 기도를 하다 가 어느 신학생을 만나게 되었는데 만난 지 얼마 되지 않아 우리 교회로 찾아왔고 기도에 합류하게 되었다.

함께 기도를 하러 바다가 보이는 산을 찾다가 택한 곳이 어느 산 기슭 언덕배기에 있는 남의 고구마 밭이었다. 엄청 더운 날씨라 냉 동실에 넣어 얼린 물을 늘 들고 다녀야 했다.

J 집사, C 집사, 신학생 한 명, 그리고 두 살짜리 외손자와 나. 뜨 거운 7월의 햇볕이 사정없이 내리쬐는 산길을 올라가면 각자 그늘 을 찾아 앉아 마음껏 부르짖고 기도했다. 기도할 처소가 없어 산에 서 기도를 하지만 어느 곳이든 하나님이 함께 하신다는 생각으로 날마다 산을 찾아갔다.

태어나서부터 내 손에서 자란 외손자는 우리가 기도하는 곁에서 혼자 놀았는데 어느 날 한참 기도하고 있는 내 팔을 당기면서 "할 머니! 할머니!" 한다.

쳐다보니 뱀이 한 마리 기어가고 있다. 아이는 그것이 신기해서 손으로 가리키며 좋아한다. 그래서 아이를 품에 안고 기도하기도 하고, 업고 기도하기도 하고 날마다 외쳤더니 드디어 뜨거운 은혜체 험이 나타나기 시작했다.

어느 날, 기도하다가 곁의 C 집사를 쳐다보는 순간이었다. C 집사 의 혀끝에 벙어리 귀신이 손톱만 한 모양으로 앉아 있는 것이 보였 다. 다가가 등에 손을 얹으며 기도를 하니 그 순간, 동시에 혀의 맺 힌 것이 풀리며 방언이 터지고 이어 아주 오래된 복음찬양과 요사 이 불리는 찬양을 골고루 부르더니 벌떡 일어나서 율동을 하며 야단이다.

C 집사는 약간 지능도 낮고 글도 모르다 보니 찬양을 부를 때는 가사를 그냥 우물거리며 곡만 대충 맞추는데 성령이 임하니 가사를 정확하게 발음하며 찬양을 하는데 곁에 있던 우리가 다 놀라서 기도를 끊고 구경을 하게 되었다.

아무것도 모르니까 늘 숨는 성격인 본래의 그 모습이 아닌, 완전히 다른 사람의 모습으로 변해서 혼자서 은혜에 취해 어쩔 줄을 모른다. 한껏 도취되어 지치지도 않고 춤을 추다가 기도가 끝나고 산에서 내려 올 때는 만취한 사람같이 되어 비틀거려 곁에서 부축을 하고 내려와야만 했다. 그때부터 날마다 기도하고 내려 올 때는 우리 중 누군가는 부축을 받고 내려 와야만 했다.

그러나 은혜 받을 때 마귀가 역사 하는 법이다.

하루는 또 C 집사가 성령에 취해서 뜨겁게 기도하더니 산에서 내려 올 때 역시 부축을 받으며 걷다가 "전도사님, 내 입에서 계속 오백, 오백 하는 소리가 나오는데 아마 교회 얼을 헌금을 말하는 것 같은데 제가 오백만 원을 내겠습니다." 한다.

그러나 스스로 오백만 원을 하나님께 드려야겠다고 서원하더니 또 스스로 올무에 걸려 시험이 들었다. 경솔하게 서원이나 말든지 했던 말은 있고 지키자니 아깝고 결국은 시험 들어 기도의 자리도 피하고 오후 늦게까지 잠만 자고 나타나지도 않는다. 사람을 보니 이전의 그 어두컴컴한 영적상태로 돌아서 버렸다. '서원한 것은 해롭더라도 지키라'고 하셨는데 못 지킬 서원이라면 하지나 말지, 입으로 뱉은 하나님과의 약속을 못 지키게 되니 영적인 상태가 침체 돼버린 것이다.

며칠 전 그렇게 은혜 받아 방방 뛰더니 완전히 바닥으로 떨어져 버렸다. 다시 입이 닫히며 찬양의 가사를 한 구절도 기억 못한다. '성령은 진리의 영이라 기억나게 하신다.' 고 했는데 우둔한 이전 상 태로 돌아가 버린 것이다.

은혜 받을 때 조심할 일이다. 그리고 경솔히 서원하지 말아야겠다.

하나님은 우리 입의 말을 다 아신다고 하셨다. '하나님은 인생이 아니시므로 식언치 아니하신다.'는 말씀처럼 말에 실수가 없는 그리 스도인이 되어야겠고, 내가 한 말에 대해서는 책임을 질 줄 아는 자 가 되어야 함을 절실히 깨닫는다.

결국은 C 집사가 아닌 J 집사를 통해서 일 년치 세가 준비되어 56 평의 건물을 세를 얻게 되었고 교회자리를 옮기게 되었다. 여기에 그 여자 신학생이 교육 전도사로 함께 일하기를 원해서 우리 교회 에 왔다. 얼마나 부지런한지 하루 종일 교회에 살다시피 하며 봉사 하는데 몇 사람 몫을 한다. 여러 가지로 도움이 되었다. 특히 기도 를 많이 하는 사람이라 기도시간이 되기 전 미리 일찍 나와서 준비 를 하므로 내게 큰 힘이 되었다.

이렇게 새로운 처소에서 다시 예배를 드리고 마음껏 기도하게 하 신 하나님의 응답을 감사드린다.

교육 전도사가 온 후 기도를 함께 할 사람이 생겨 잠시 동안은 좋았으나 곧 생각지도 못한 일들이 생겼다.

그녀가 어느 날 나에게 아주 심각한 어조로 말을 했다.

"J 집사와 C 집사는 마귀 새낀데 저것들을 가르쳐서 뭐합니까?"

하도 기가 막혀서 무슨 말인가 물었더니 자신이 영안이 열려서 그들을 보니 마귀 종자로 보인다는 것이다. 그러면서 거듭 가르쳐도 소용없다고 충고처럼 말한다.

그래서 이건 이상하다 싶어 조용히 앉혀놓고 말했다.

"전도사님이 다음 주일부터 주보를 들고 교회 문 앞에 서 있다가 한 사람 한 사람 들어올 때마다 영안으로 구별해서 하나님의 자식이 맞으면 들여보내고 영적으로 좀 이상하다 싶으면 들여보내지 마세요. 교회는 누구라도 들어오는 자리지, 사람 가려서 들어오는 자리가 아닌데 전도사님이 하나님입니까? 사람을 가려서 예배를 드리면 다른 사람보다 나부터도 교회 밖으로 나갈 사람이니까 전도사님 혼자만 예배드리세요."

그녀가 섭섭한 표정으로 나를 바라본다.

그리고 나서부터는 본격적으로 새벽기도 오는 J 집사를 붙들고 "하나님이 J 집사님께 주는 말씀입니다. 성경을 펼쳐서 찾아보세요." 하며 새벽부터 성경을 찾게 하는데 그것도 한 두 구절 말씀을 찾으라면 괜찮지만 5,60개의 말씀을 찾으라고 권한다.

새벽기도 하러 오는 사람은 조용히 기도하고 싶을 텐데 이건 지나치다는 생각이 들었다.

"전도사님은 밤에 잠 안 자고 하나님 말씀만 받습니까?"

이렇게 말하니까 인상이 싹 달라진다.

영적으로 단단히 잘못됐다는 생각이 들어 이대로 두어서는 성도들 신앙을 버려놓겠다 싶어 며칠 고민하고 있는 사이에 자신이 먼저 선수를 쳐 "제가 훈련이 덜돼서 그런 것 같습니다. 나가겠습니다." 하더니 나가버렸다.

후에 가까운 사람을 통해 들으니 다른 교회의 기도 팀에 들어가 그곳 목사님과 함께 기도한다고 했다. 그리고 "시내산 교회 전도사는 악령 들렸다."고 말을 하고 다닌다고 했다.

"개척교회가 이런 소문이 퍼지면 교회부흥에 큰 지장이 있습니다."

전해준 분의 염려였다.

"괜찮습니다. 그러다가 자기가 영적으로 잘못된 게 드러나면 그때 밝혀질 것 아닙니까."

결국 그곳 교회에서 1년을 훨씬 넘어 머물며 거의 교회를 분리시키고 난 후에 나가 버렸다 한다. 그 바람에 많은 숫자의 교인들이 그녀의 예언 아닌 예언에 현혹되어 우왕좌왕 흔들렸다고 전해진다. 물론 자기 자신도 신앙을 잃어버리고 가정도 깨어지면서 온 식구가 제각기 흩어져버렸다고 한다.

이처럼 영안이 열렸다 하여 경거망동하며 하나님의 교회를 휘젓고 다니는 사람들 때문에 많은 사람이 피해를 입게 됨은 참으로 기막힌 일이다. 바른 분별력이 필요하다고 여겨진다.

매해마다 아니면 2년마다 교회를 옮겨 다니게 되었는데 임대기간이 끝나 다시 교회를 옮기게 됐을 때의 일이다. 기도원을 하시는 사모님으로부터 전화가 왔다.

"교회를 어디로 옮기실 거예요?"

"아직까지는 옮길 데가 정해지지 않았습니다."

"가지고 있는 돈은 얼마나 있어요? 아무리 못 가져도 500만 원 정도라도 있어야 월세를 좀 주고 얻을 텐데……."

사모님의 걱정스런 음성이 고마웠다. 그러나 이사 비용조차도 없는 상황이었다.

전화를 들고 잠시 생각하던 사모님이 다시 말씀하셨다.

"정 갈 데가 없으면 인평동에 있는 우리 집을 우선 청소를 하고 예배를 드리면 어떻겠어요? 사실 목회자에게 그런 초라한 집에서 살라고 할 수는 없고, 컨테이너라도 새 것을 한 동 살 수만 있으면 거기서 전도사님이 살고 헌 집은 깨끗이 해서 예배를 드리면 되지 않겠어요? 전도사님이 쓰겠다면 교회를 얻을 때까지 한 5년 정도 그냥 빌려 드릴게요."

전화를 끊고 나서 잠시 생각해보다가 다시 사모님께 전화를 했다.

"남의 집을 고칠 수는 없고 저한테 집을 외상으로 주시면 집을 수리해서 쓰겠습니다."

말이 떨어지자마자 반색을 하시며 "그러세요." 하신다.

등기가 누구 앞으로 되어 있는지 물어보니 목사님 앞으로 되어 있다고 하신다. 그러면 목사님과 의논을 해 보시고 목사님이 허락을 하시면 전화를 달라고 하고는 끊었다.

그 이튿날 새벽에 목사님으로부터 전화가 왔다. 아마 새벽기도를 마치고 바로 전화를 하신 것 같았다. 목사님이 너털웃음을 웃으시며 아침을 먹고 난 후에 법무사 사무실에서 만나자고 하셨다. 너무도 흔쾌히 기쁘게 집을 등기를 해 주시겠다고 말씀하셨다.

오전에 목사님을 만나서 등기이전을 해 받고 나니 은행으로 같이 가보자고 하셨다. 워낙 오래된 집이라 꼭 수리를 해야 될 필요가 있었는데 목사님은 그걸 미리 아시고 나를 만나러 오기 전에 은행에 들르셔서 먼저 말씀을 해 놓으셨기 때문에 대출을 쉽게 해 주었다.

사실 목사님은 두세 번 뵌 적이 있을 뿐, 가까이 대한 분은 아니었다. 그럼에도 불구하고 100평이나 되는 집을 선뜻 내 놓으신 것이다. 그렇게 하여 지금의 자리에 시내산 교회를 옮기게 되었다.

67. 성령의 감화

교회를 옮기고 대대적으로 수리를 하는데 화장실도 쓸 수 없고 물도 나오지 않아 가까운 집사님 집에까지 가서 해결을 해야 했다. 또 일하는 사람들을 혼자서 관리해야 하고 먹을 것과 마실 물, 작은 일에서부터 큰일까지 아무도 돕는 사람 없이 모든 것을 혼자 감당하자니 견딜 수 없는 피로가 나를 지치게 하고 거기다 여름 뜨거운 햇볕과 날씨까지 한몫을 한다.

그러나 잠시도 쉴 틈이 없다. 잠시만 눈을 돌려도 믿지 아니하는 사람들이라 수리하던 성전 안에서 소변도 보려 하고 힘들다고 일하는 도중에 술을 마시려고도 해서 공사하는 내내 전혀 다른 일을 하지 못하고 신경을 써야 했다.

"성전 안에서 소변보다가 무슨 일이 생겨도 나는 책임지지 않습니다. 여기는 일반 가정집도 아니고 하나님의 집인데 함부로 하지 마세요. 그리고 술 마시는 사람은 일하지 말고 집으로 돌아가세요."

엄포를 놓았더니 그때서야 조심을 한다.

술을 일절 주지 않는 대신 냉커피와 음료수, 그리고 중참을 신경 써서 함께 주었다. 처음에는 불평을 했지만 곧 적응이 되는지 목이 마를 때마다 찬 물을 마시며 "술을 마시지 않으니 정신이 말짱하고 좋네." 한다.

말뿐만이 아니라 늘 술을 마시던 사람들이 술을 끊고 일을 하니 얼굴빛이 달라지는데 표정까지도 다른 것 같았다. 또 그때부터 얼마나 열심히 쉬지 않고 일을 하는지 쉬어가며 하라고 권해도 되레 미안할 정도로 열심이다. 막노동을 하며 술에 절어 살던 사람들이라 다스리기가 수월치는 않았으나 그것까지도 하나님 앞에 기도를 하고 맡겼더니 하나님이 감화를 시키셔서 밤늦게까지 쉬는 시간도 없이 열심히 일을 해 주었다. 덕분에 공사기간이 많이 단축되었다.

누가 보아도 하나님이 간섭하신다는 것을 알 수 있도록 저들에게 변화가 확실히 나타났다. 아무도 함부로 행동하지 않았고 말하지 않았으며 술을 마시지도 않았다. 또 그중 한 사람은 악한 영에 붙잡혀 있었는데 틈틈이 곁에 가서 전도를 하기도 하고 마주 칠 때마다 예수 믿으라고 했더니 믿어 보겠다고 대답을 했다. 하나님이 일꾼들의 마음을 잡고 있으니 강퍅하던 심령들이 눈에 드러나도록 부드러워졌다.

사람의 마음을 녹이시는 하나님의 손길이 순간순간 느껴진다.

성전 수리를 하고 있는 중인데 다른 교회에서 성도가 찾아왔다. 이 지역에서 음식점을 경영하는 사람으로 귀신들린 딸을 데리고 왔다. 교회 밖에서 들어오지 않겠다고 떼를 쓰는데 나이는 서른을 넘긴 나인데 목소리는 아기 소리를 낸다. 그 아버지가 아무리 교회 안으로 데리고 들어오려 해도 버티면서 징징거리며 운다. 영판 대여섯 살 된 아기 같은 행동이다.

"나, 저 여자 싫어, 싫어."

나를 가리키며 아버지 등 뒤에 숨는다.

겨우 데리고 들어왔지만 아버지에게 가자고 조르는데 눈물을 닭똥같이 뚝뚝 흘리면서 운다. 아버지가 우는 딸의 모습이 안쓰러워 어쩔 줄 몰라 하며 빨리 데리고 나가고 싶어 하는 눈치다.

"지금 흘리는 눈물은 사람이 흘리는 게 아니라 귀신의 눈물이니 동요되지 마세요."

"그렇습니까?".

그 딸을 위해 기도를 하는데 성령께서 생각지도 않은 말을 나가게 하셨다.

"이 병은 기도할 병이 아니라 어머니가 예수를 믿어야 나을 병입니다."

믿기지 않는 눈길로 그 아버지가 나를 쳐다보았다.

기도를 받고 돌아간 며칠 후 전화가 왔다.

"목사님 심방을 오실 수 없습니까?"

그러나 교회를 수리 중이라 움직일 수가 없어 며칠을 더 보내고 심방을 갔다. 방으로 안내를 받아 들어가니 처녀는 자리 보존하고 누워 있고 아버지는 예배를 드리려고 예배 상을 차려놓았다.

"저렇게 누워 있어서 어떻게 합니까? 아무리 예배드리자고 말해도 안 일어나네요."

미안해하며 나를 쳐다보았다.

"그냥 놓아두고 우리끼리 예배드립시다."

그러자 그가 공손히 무릎을 꿇고 앉는데 자세가 예사롭지 않다. 마치 주먹세계에서 보스 앞에 앉는 자세다. 예배를 드리고 거실에 나가 권하는 소파에 앉았더니 이번에는 바닥에 또 무릎을 꿇고 앉는다.

왜 그렇게 앉는지 잠시 뒤에 이유를 알게 되었다. 그는 젊을 때 깡패로 살았다고 했다.

"남을 참 많이 괴롭혔습니다. 그 죗값으로 딸이 저 모양이 된 것 같습니다."

자신의 젊을 때의 과오를 뼈저리게 후회하며 반성하는 태도다.

"내가 죄인입니다."

딸의 귀신들림이 자신의 죄 때문이라고 거듭 말했다.

"그러면 그 부분을 하나님 앞에 회개하시고 어머니를 하루 빨리 설득해서 예수 믿게 만드세요."

"그게 어렵습니다."

그는 그렇게 말하면서 난감해했다. 그러나 딸의 병 앞에 어쩔 수 없이 그 어머니가 교회에 나가게 되었고 어머니가 예수를 영접하니 딸이 깨끗이 나았다.

이 가정은 다른 가정과는 달리 아버지가 더 하나님께 매달리고 도리어 어머니가 무심한 사례인데 어쨌든 자식 이기는 부모 없다고 병든 자식을 위해 하나님을 받아들인 예다.

D 시에서 무당 생활을 하는 사람이 교회를 찾아왔다. 50살이 훨씬 넘은 여자로 한눈에도 악귀가 충만한 얼굴이다. 밤이면 잠을 한시도 잘 수 없고 몽유병증세처럼 의식 없이 밖에 나가 돌아다닌 지 몇십 년이라고 한다.

가족들이 몇 명이나 따라와서 교회 바닥에서 이부자리를 펴고 함께 잠을 자는데 환자를 지키느라 온 가족이 잠을 제대로 못 잔다. 나도 이불을 들고 나가 조금 떨어진 곳에 펴고 "걱정하지 말고 오늘 밤은 푹 주무세요." 했더니 믿지 못하겠다는 눈치다. 지금까지 밤이면 밤마다 자다가 일어나게 되고 한바탕 소동을 벌이고 그래왔으니 오늘밤도 그러려니 하는 눈치다. 그런데 그날 밤 한 번도 일어나지 않고 밤새도록 잠을 잘 잔다.

아침이 되어 그 여자가 밝은 얼굴로 일어나더니 "목사님이 곁에서 주무시니 편안해서 너무도 잠을 잘 잤어요." 하며 고마워한다.

아침을 먹고 나서 온가족을 앉게 하고 전도를 했다. 온 식구가 예수를 믿어야 이 가정이 산다고 했더니 믿겠다고 대답을 한다. 잠을 잘 잔 덕분에 모두의 얼굴이 환하게 밝아졌다. 올 때에 온 식구의 얼굴에 묻어있던 어두운 빛이 사라지고 가벼운 마음으로 같이 산책도 갔다 온다. 그리고 시키지 않아도 아침 기도시간에는 등 뒤에서 기도도 하고 찬양도 한다.

무당이 온 지 3일쯤 되는 날이다.

그날 아침에도 기도를 하고 있는데 등 뒤에서 무당이 처절하게 부르짖으며 소리친다.

"아버지, 이 딸을 불쌍히 여겨 주소서."

"아버지, 이 딸을 불쌍히 여겨 주소서"

그 순간, 강하게 영감으로 내 등 뒤에 예수님이 서시더니 온 교회를 향해 보혈의 피를 뿌리는 모습이 느껴졌다.

등 뒤에 있던 무당이 동시에 소리쳤다.

"목사님! 예수님이 피를 뿌리고 있어요."

기이하게도 그녀는 영의 눈이 열려 예수님이 피 뿌리는 장면을 보았던 것이다.

그날 오후, 온 식구가 집에 다녀오겠다고 갔다. 그리고 다시는 오지도 않았고 연락도 없었다. 뒤에 아는 사람 편에 들으니 신단을 부수러 집으로 갔다고 말한다.

70. 나같이 이나 잡고 살더라

목회가 힘들 때 모든 것을 벗어버리고 한가하게 살고 싶을 때 떠오르는 시가 있다. 이 시를 떠 올릴 때마다 시인의 감성을 간접적으로나마 느끼며 그 시인을 만나고 싶은 마음이 생긴다.

유치환의 '심산'이라는 시인데 내용이 참 한가롭고 평화롭다.

'심심산골에는 산울림 영감이 바위에 앉아 나 같이 이나 잡고 홀로 살더라'

바쁜 일상생활 속에서 이 시를 떠올리며 평화로운 기분에 젖어본다. 그러나 현실은 현실이다. 다시 본래의 일상을 돌아보면 한순간도 한가한 시간이 없다. 우리 시내산 교회를 찾아오는 대부분의 사람이 세상에서 버려지고 소외당하고 가진 것 없는 사람인지라 하나부터 열까지 모두가 목회자의 몫이다. 늘 바쁠 수밖에 없다.

그러나 날이 가고 달이 갈수록 서서히 달라져 가는 성도들의 모습을 보며 보람을 느낀다. 자신만 알던 사람들이 남을 챙기기까지 변화되는 모습은 아름답다. 하나님은 또 장성한 분량으로 자라가는 우리의 모습을 보시며 얼마나 기쁘실까.

편해지고 싶을 때 하나님을 생각하며 다시 한 번 내 마음을 추스른다.

'바위에 앉아 이나 잡고 홀로 사는' 노인의 한가로움이 한 폭의 그림처럼 그려지며 내 눈앞에 펼쳐졌다 사라진다.

아! 평화롭다.

Part 8

하나님의 각도에서
사람을 보라

PART 8
하나님의 각도에서 사람을 보라

71. 하나님의 각도에서 사람을 보라

세상에 어떤 생명도 하나님 앞에 귀하지 않은 생명이 없다. 천하보다 귀한 한 영혼이라고 하셨듯이 어떤 초라하고 가난하고 무식한 사람일지라도 그 한 사람 한 사람에게 두신 하나님의 예정이 있고 하실 일이 있기 때문이다. 세상에 무시당할만한 사람은 아무도 없다.

> 하나님께서 세상의 미련한 것들을 택하사 지혜 있는 자들을 부끄럽게 하려 하시고, 세상의 약한 것들을 택하사 강한 것들을 부끄럽게 하려 하시며, 하나님께서 세상의 천한 것들과 멸시 받는 것들과 없는 것들을 택하사 있는 것들을 폐하려 하시나니 이는 아무 육체라도 하나님 앞에서 자랑하지 못하게 하려 하심이라.(고린도전서1장27절,28절)

바울의 말씀처럼 미련한 자, 약한 자, 천한 자, 멸시 받는 자, 없는 자를 들어 지혜 있는 자와, 강한 자와, 있는 자들로 하여금 부끄럽게 하시고 폐하게 하시는 하나님의 섭리가 우리를 움직이기 때문이다. 또한 하나님이 어느 한 순간에 어떤 사람을 들어 쓸지도 모르기 때문에 사람을 함부로 대할 수 없다는 생각을 한다.

성경 말씀에도 '가난한 자를 무시하는 자는 이를 지으신 하나님을 멸시하는 것'이라고 말씀하신 것처럼 하나님의 사람이라면 다른 사람을 소중히 여기고 귀하게 여기는 것은 당연한 일인 것이다. 그래서 우리 교회에 오는 어떤 사람이라도 귀하게 여기며, 말씀으로 가르치고, 하나님의 사람으로 세우기 위해 조그만 일까지도 세심하게 살피며 사역을 하고자 애를 쓰지만 따라주지 않을 때는 나로서도 어쩔 수 없는 일이다. 그러나 목사를 믿고 책망까지도 받아들이는 성도는 빠르게 세워지고 덤으로 축복까지 받는다.

내 생명이 이 땅에서 사라지는 날까지 소외되고, 무시 받고, 병들고, 가난한 자들과 함께 할 것이다. 하나님이 나에게 주신 소명이기 때문에 오늘도 나는 감당할 수 있는 힘을 달라고 기도하며 이 길을 걸어간다.

72. 거짓 선지자, 자칭 목사

한 교회에서 함께 신앙생활도 하고 신학을 공부할 때에도 함께했던 사람 중에 집사로 살면 참 좋을 사람이 어느 날부터 기도 중에 하나님이 자신에게 직접 말씀하셨다고 하며 그때부터 "나는 하나님의 불의 종"이라고 떠들고 다니면서 빚을 내 교회를 세우고 능력을 행하고 은사를 앞세워 보는 이들의 눈살을 찌푸리게 했다.

진정한 목회사역의 모습이 아닌, 자신을 나타내는 데에만 급급한 나머지 하나님이 받으실 영광은 안중에도 없고 오직 은사 자랑과, 능력 자랑, 금식했네, 기도를 하루에 7~8시간 했네, 하는 자랑일색이다.

비단 이 사람뿐만 아니라 얼마나 많은 사람이 이런 모양으로 잘 못되어 있는지 영적환자가 우리 주변에 너무나 많다.

더러 어떤 사람은 우리 교회를 찾아와서 "목사님 기도 좀 해 주십시오. 제가 어디서 예언을 받았는데 사명자라고 하거든요" 한다.

미안하게도 이런 사람의 10명 중 8~9명은 거짓 영에게 속아 자신도 착각하고 있든지 잘못된 예언자에게 거짓 예언을 받아 붕붕 떠 있는 상태다.

K 집사도 교회에서 평신도로서 봉사할 때는 겸손하고 좋은 사람이었다. 성도들에게 사랑받는 존재였다. 그런데 어느 날부터 자칭 전도사라고 말하며 자랑하고 다니더니 또 얼마 후에는 목사 안수를 받으러 간다고 하면서 축하해 달라고 했다. 그래서 목회사명이 아니라고 분명히 말을 했더니 "아, 내가 기도해서 받았습니다." 한다.

한마디로 구제 불능이다. 누가 바른 충고를 해도 자신이 신령하다는 착각 속에서 다른 사람의 말은 들을 생각조차도 못하니 영적 병을 고칠 수도 없는 일이다. 하루에 7시간, 8시간 기도한다고 떠들고 다니면서 신령한 척하는데 기도하면 할수록 더 영적으로 혼란스러워지고 악한 영에 지배당하고 휘둘린다. 그래서 얼굴을 보기만 해도 보는 사람에게 어질어질 하는 증세가 느껴지며 은사 자랑, 능력 자랑을 듣는 것이 듣는 이의 심령에 괴로움이 된다.

아무리 충고를 하고 바른 길 가기를 권면하지만 도대체 듣지를 않더니 목사 안수를 받고 교회를 세워 8년을 목회라고 하였다. 그러나 '몫 좋은 길목'(동네 크고 사람 많은 곳)에 앉아서 죽어라 기도를 하며 엎드리지만 성도 한 사람 없이 8년을 버틴다.

어느 날 그가 우리 교회를 찾아왔다.

이름난 부흥회에 참석을 하고 왔다고 떠벌린다. 우리나라에서도 유명한 목사님 세 분이 자신에게 안수하며 불의 종, 능력의 종이라고 말을 했다는 것이다.

사실이라면 참 슬픈 일이다. 누가 봐도 악령으로 충만한 모습이 겉으로 나타나는데 그런 사람을 불의 종, 능력의 종이라고 하다니……

그래서 역대하 18장에 기록된 거짓 영에 대한 말씀을 비치면서 전했다.

여호와께서 말씀하시기를 누가 이스라엘왕 아합을 꾀어 저로 길르앗 라못에 올라가서 죽게 할꼬 하시니 하나는 이렇게 하겠다 하고 하나는 저렇게 하겠다 하였는데 한 영이 나아와 여호와 앞에 서서 말하되 내가 저를 꾀이겠나이다. 여호와께서 저에게 이르시되 어떻게 하겠느냐 가로되 내가 나가서 거짓말 하는 영이 되어 그 모든 선지자의 입에 있겠나이다. 여호와께서 가라사대 너는 꾀이겠고 또 이루리라 나가서 그리하라 하셨은즉……(역대하 18장19~21절)

이 구절을 인용하여 전하면서 지금이라도 평신도로서 직분 감당하라고 말을 해보지만 도리어 자신의 은혜 받은 것과 예언을 자랑하며 들은 척도 하지 않는다.

그가 유명한 목사님들로부터 받은 예언을 정리하면,

첫째는 9월 달에 큰 교회에서 모시러 올 것이다.

둘째는 좋은 사택이 예비 되어 있다.

셋째는 많은 사례비를 받게 될 것이다.

넷째는 비싼 승용차를 제공받게 될 것이다.

다섯째는 당신은 세계적인 불의 종, 능력의 종이다.

그리고 지금부터 9월을 '기다리고만 있으면 된다.'고 하더라는 것이다.

그래서 찬찬히 설명을 했다. 적어도 목회자라면 사역을 행함에 있어서 큰 교회를 성공의 척도로 재서도 안 되고 많은 사례비와 좋은 사택을 원하기보다 영혼을 사랑하는 마음으로 고난 받을 것을 각오하고 하나님 앞에 엎드리는 게 옳지 않으냐고 말해 주었다. 그러나 여전히 유명한 목사의 예언이라고 하면서 맹신하는 눈치다.

몇 개월이 흘러 10월 달쯤에 그가 우리 교회로 다시 찾아왔다. 아직도 교인 하나 없이 두 부부가 교회를 붙들고 있다고 했다.

그래도 수그러들지 않는 거짓 사명감을 보며 안타까운 마음으로 정 목회가 하고 싶으면 특수 목회는 어떠냐고 다시 한 번 권면을 했다. 가출 청소년을 수용하든지, 연세 드시고 기댈 곳 없는 분을 부모처럼 모시고 '섬기는 목회'를 하라고 권해 보았다.

그러나 그는 '나는 능력의 종'이라고 하면서 들을 마음도 없다. 두 부부가 다 함께 목회 사명이라고 하면서 우기는 데는 어쩔 도리가 없다.

영적으로 잘못된 선택을 함으로써 실패하고 비참하게 살아가는 그 삶이 보는 사람들 마음을 안타깝게 한다.

결국 8년 만에 빚에 쪼들려 교회를 팔았다. 그 돈을 들고 서울 쪽에 있는 목사님들과 협력 목회를 하겠다고 서울로 올라간다고 인사를 하러 왔다. 꿈에 부풀어서 기고만장이다.

또 한 번 말려 보았다. 어리석고 세상물정 모르는 사람이라 남에게 이용당하고 사기를 당할 가능성도 있는 사람이다. 차라리 빚 갚고 남은 얼마간의 돈으로 변두리에 조그만 집이라도 한 채 사서 노후 대책을 세우고 버려진 사람을 대상으로 섬기는 목회를 하라고 권했다. 그러나 부득부득 우기며 서울로 떠났다.

몇 개월 후에, 거의 교회 판 돈을 다 잃고 도로 내려왔다. 지금은 어디에 있는지조차도 모르는 상태다.

비단 이 사람뿐만 아니라 잘못된 사명관 때문에 오늘도 많은 사람이 영적으로 무너지고 있다. 이 배후에는 거짓 예언자의 역할이 한몫하고 있고 사명자에 대한 인식이 잘못되어 있기 때문이다. 우리나라처럼 사명자란 말을 함부로 쓰는 나라도 많지 않을 것이다.

사명자란 말 속에는 전도해야 될 사명, 봉사해야 될 사명, 사랑해야 될 사명, 낮은 자리에서 남을 섬기는 사명 등 얼마나 아름다운 사명에 대한 해석이 있는데 희한하게도 사명자라고 말을 하면 모두가 목사나 선교사가 되어야 한다는 잘못된 가치관을 가지고 있다.

만일 사명자라는 말을 듣고 그 길을 가려고 한다면,

첫째, 지금의 직분에 최선을 다해야 할 것이다.

둘째, 다음에 사명자가 될지라도 지금은 평신도로서 있는 자리에서 순종하고 직분에 충실해야 하는 것이 마땅하다. 사명자라는 말을 듣는 순간부터 거의 목사가 된 양, 이도 저도 아닌 어정쩡한 위치에 머물러 버리는 것은 교만해져서 아무것도 되지 못하고 무너지는 결과밖에 낳지 못한다.

셋째, 정말 사명자라고 자각한다면 그 순간부터 작은 것부터 충성하고 훈련을 받는 것이 중요하다. 때가 되면 하나님이 일터로 끌어내시는데 하나님보다 먼저 앞서 달려 나가는 것은 잘못된 것이다.

사울이 행구 뒤에 숨어 있을 때에 끌어내어 왕으로 기름을 부으신 하나님이심을 알아야 한다. 예언을 받은 즉시 목회자 행세를 하는 것은 너무도 잘못된 모양이라 아니할 수 없다.

주위에 또 다른 한 사람이 있다.

목회를 하다 뭔가 잘못을 저질러서 피할 곳을 찾아 선교하러 다른 나라로 피신처럼 갔다가 며칠 만에 쫓겨 돌아와서는 거리 곳곳에 현수막을 내다걸어 광고를 한다. '00선교사 000'라고 크게 써 붙여 스스로 PR을 하고 다닌다. 이 모습이 과연 참다운 선교사의 모습인가? 한 마디로 영적으로 어지러운 모습이다.

이 땅에 있는 많은 거짓 사명자여!

미혹의 영에 속고 거짓의 영에 속고 사람의 영광을 하나님보다 위에 두고 그렇게 속고만 살다가 생명을 끝낼 것인가. 자신의 모습을 돌아보는 자들이 되기를 바란다.

하나님은 일꾼을 찾으실 때 하나님의 영광을 위해 일할 자를 찾으신다. 겸손한 자를 찾으신다. 순종하는 자를 찾으신다. 주님의 능력은 겸손에서, 사랑에서, 순종에서 나온 것임을 생각할 때 능력의 종이란 말은 곧 겸손하라는 의미이고 사랑하라는 의미며 순종하라는 의미인 것이다.

시내산 교회에 오는 사람은 거의 대부분이 환자다.

귀신들린 병, 불치병, 말기 암, 우울증, 의지박약으로 실패한 인생, 교만 병, 거짓 사명자, 채무로 인해 내몰린 사람들, 어떠한 환자든지 그 병세가 심각하다 못해 중증이다.

그중에서도 교만 병은 더 심각한데 다른 말로 표현하자면 영적 암이라고 부르고 싶다.

자신이 너무 커서 다른 사람을 무시하는 것인데 그러나 그런 사람조차도 하나님은 고치신다.

하나님이 얼마나 참으시고 우리를 사랑하시는지를 그런 일을 통해 깨닫는다.

시내산 교회를 찾아오는 많은 사람이 올 때는 중증으로 오지만 이곳에서 기도와 말씀, 예배를 통해 회복해서 축복까지 덤으로 받는 것을 볼 때 나 자신까지도 행복해진다.

그러나 어떤 병이든지 고침받기 위해서는 먼저 교만을 내려놓아야 한다.

하나님은 교만한 자를 물리치시고 겸손한 자에게 은혜를 베푸신다고 하셨다.

그러므로 병 고치는 은혜를 입기 위해서는 먼저 교만을 내려 놓아야함을 강조하고 싶다.

교회를 개척하고 그 이듬해 3월에 외손자가 태어났다.

그리고 얼마 후에 교인이 생기고 심방을 하게 되었는데 딸이 과외를 해서 그 수입으로 먹고살던 때라 심방을 할 때면 늘 손자를 업고 심방을 해야 했다.

아이는 어릴 때부터 얼마나 실했는지 업고 다니려면 힘에 버거웠는데 거기다 성경책을 넣은 가방 하나와 기저귀와 우유병과 옷을 담은 가방까지 두개를 들고 다녀야 했다. 평지도 아닌 많은 계단을 걸어 올라가야 하는 제법 높은 언덕 위에 있는 J 집사님 집에 심방을 갈 때면 몇 번이고 숨을 고르고 쉬었다가 올라가야 했다.

그러나 아이는 잘 울지도 않고 늘 방글방글 웃으며 업혀 다녔다. 예배를 드릴 때에도 무릎 앞에 가만히 앉아서 움직이지도 않아 '휴대용 아기'로 참 데리고 다니기 쉬웠다.

손자는 태어나는 과정부터가 특별했는데 이야기를 하자면 아이 엄마인 큰딸은 본래 엄살이 좀 심해서 조금만 추워도 "으으으" 하며 과장되게 떨며 다녔다. 또 감기를 앓아도 곁의 사람을 못살게 굴 정도로 아프다고 호소를 심하게 했다.

그래서 작은딸과 나는 출산일이 다가올수록 '저 엄살을 다 어떻게 하나.' 걱정이 태산 같았다. 그래서 생각한 것이 기도원으로 기도하러 간다고 하고 둘이 도망쳐 버리자고 의논을 할 정도였는데 교회 사정상 몸을 뺄 수도 없고 그러는 사이에 출산일이 코앞에 다가와 버리고 말았다.

출산 당일 낮에 병원에 입원을 했는데 밤 12시가 되도록 아무 기미도 없이 시간이 자꾸 흘렀고 작은딸과 나는 큰딸의 동정만 살펴며 곁을 지켰다.

그동안 간호사가 몇 번이나 체크를 했는데 맹숭맹숭한 딸의 모습을 보고 "아직 안 아파요?" 이상한 듯 물었다.

산모는 시간상 가진통이 와도 올 시간이 훨씬 지났는데도 여전히 아프다는 말도 없다.

밤 12시가 넘어 간호사는 또 몇 번을 왔다 갔다 했고 "오늘밤을 넘기고 낳겠네요." 하더니 자러 가야겠다면서 혹시 산모가 아프면 부르라고 하고는 가 버렸다.

이때 큰딸이 좀 불안했는지 내 손을 끌어안으며 "엄마 안 아프게 기도해 줘." 한다. 그래서 딸의 손을 잡고 "하나님 이 딸 엄살 많은 거 아시지요? 진통을 좀 줄여주세요." 하고 마음속으로 기도를 했다.

그 순간, 방안에 환하게 불이 켜진 것 같이 주위가 밝아지더니 수많은 천사가 둘러서는 것이 느껴졌다.

밤 1시가 되어 갈 무렵 간호사가 다시 왔다. 마지막으로 한번 살피고 가려고 진찰을 하더니 "아니 아기 머리가 보이는데 안 아파요?" 하며 놀란다.

이미 아기가 나오려고 하는 찰나였단다.

기겁을 하며 달려가더니 의사를 모시고 온다. 바로 분만실에 들어가고 사위가 마침 와서 나 대신 따라 들어갔다. 들어가는 사위를 보니 떨리는 모양이 역력하다.

나는 분만실 밖에서 기도를 하며 앉아 있는데 들어가자마자 철퍼덕 소리가 나더니 아기가 철판 같은 곳에 떨어지는 소리가 들렸다. 분만실에 들어간 지 채 10분도 지나지 않아 아기가 나온 것이다. 사위가 나와서 하는 말이 산모가 힘도 주기 전에 아기가 스스로 쑥 나와 버리더라는 것이다.

거짓말처럼 "아야" 소리 한 번 하지 않고 출산을 했다. 성령마취를 당한 것이다. 엄살이 심한 큰딸, 하나님도 아시고 고통 없이 낳게 하신 것이다.

산고의 고통을 겪지 않게 하고 태어난 손자는 크는 과정에서도 늘 우리에게 기쁨이 되었다. 낳고 보니 얼마나 큰지 곁의 다른 아기와 나란히 눕혀 놓았는데 이건 형님같이 누워 있다.

그렇게 태어나서 내 손에서 크게 되었는데 낮에는 강대상 아래서 이 손자를 안고 기도를 하고 찬양을 했다. 내가 기도하고 찬양하면 내 얼굴을 말끔히 쳐다보고 웃어주기도 하고, 찬양을 할 때면 눈물을 줄줄 흘리면서 울기도 했다. 태어나서 한 달이 채 되지 않아서 눈물을 흘려서 신기했는데 찬양을 하면 우는 것이었다.

어떤 이름을 지을까 고심하다가 이름을 '대한'이라고 지었는데 한국의 큰사람이라는 의미를 담고 있다.

늘 대한이를 두고 기도할 때는 지혜롭고 총명하며 하나님을 사랑하는 아이가 되게 해 달라고 기도했더니 두 살 되던 해에는 성도들 곁에 다가가서 성경을 펴 주기도 하고 찬송도 장을 찾아 주기도 하며 마치 사역자처럼 성도를 나름대로 보살핀다.

또 자랄수록 지혜가 나타나며 말을 잘해서 성도들이 그 말에 놀라기도 했는데 하루는 성도들이 앉아서 집사님은 무슨 띠냐고 서로 물으니 대한이가 옆에서 듣고 있다가 "나는 땀띠"라고 해서 모두가 한바탕 웃었다.

유달리 머리에 땀을 많이 흘려서 "무슨 땀을 이리 많이 흘리느냐" 하며 닦아주고는 했는데 다른 사람들이 "집사님은 닭띠" "어느 집사님은 말띠" "누구는 호랑이띠" 하니까 저는 "땀띠"라고 했던 것이다.

이전에 큰딸이 두 살 때쯤 언어표현 능력이 뛰어나 여물을 되새김질하는 소를 보고 "엄마. 소가 껌을 씹고 있어." 하더니 어느 날은 버스를 타고 가다가 버스 안에 습기가 차서 물방울이 맺힌 것을 보고는 "버스가 땀을 뻘뻘 흘리네." 라고 표현을 했었다. 그런 엄마의 특출한 언어능력을 대한이가 그대로 닮은 것 같다.

또 대한이는 사람을 배려하는 고운 심성을 지녔는데 절대로 남이 들어서 싫을 소리는 하지 않고 좋은 말들만 한다.

대한이가 5살 때였다.

우리 교회에 자주 와서 봉사하시는 다른 교회의 B 집사님이 어느 날 자신의 눈을 가리키며 물었다.

"대한아, 집사님 눈 무섭지? 이상하지?"

"아니요, 안 이상해요."

대한이는 그렇게 대답을 하더니 집사님이 가고 나서 나를 보고 어색하게 웃으며 말했다.

"할머니, 저 집사님 눈이 이상해요."

집사님이 사고로 눈을 다쳐 오른쪽 왼쪽이 달라서 아이한테는 무서울 수 있는데도 대한이는 안 무섭다고 한다.

4살 무렵부터는 세상에서 할머니가 제일 예쁘다고 하더니 7살이 되고 나니까 "대한아, 할머니 예뻐?" 하고 내가 물으면 미안한 듯이 웃으며 "아닐걸요."라고 대답을 한다.

그래서 제 이모가 "이제 대한이가 정신을 차렸네." 하며 놀린다.

키운 정이라고 할머니 생각을 얼마나 하는지 그것 때문에 엄마 아빠를 서운하게 하기도 하는데 "마음은 할머니 곁에 가 있고 몸만 우리 집에 와 있다."고 딸이 말한다.

늘 "할머니 집에 가면 안 돼요?" 하니 엄마로서 섭섭한가보다.

그래서 딸이 체중이 좀 나가는 대한이에게 조건을 걸었다.

"25kg까지 살을 빼면 할머니 집에 보내 줄게."

그 후부터 어린것이 먹고 싶은 것을 참으며 다이어트에 들어갔다.

절제하는 모습이 여간 독한 게 아니다.

불쌍하다.

그래도 나에게는 눈에 넣어도 아프지 않을 사랑스런 손자인데…….

75. 찬양을 좋아하는 아이

하루에 몇 번씩 기도하러 집사님들이 교회로 올라오는데 대한이는 자주 빈 교회에서 혼자 찬양을 선곡해놓고 은혜를 받는다.

"저는 은혜의 찬양이 좋아요."

그중 대한이가 특별히 좋아하고 부르는 찬양은 '물이 바다 덮음같이'라는 찬양으로 그 가사의 의미가 깊다.

세상 모든 민족이 구원을 얻기까지 쉬지 않으시는 하나님

주의 심장 가지고 우리 이제 일어나 주 따르게 하소서

세상 모든 육체가 주의 영광 보도록 우릴 부르시는 하나님

주의 손과 발 되어 세상을 치유하며 주 섬기게 하소서

물이 바다 덮음같이 여호와의 영광을 인정하는 것이 온 세상

가득하리라

물이 바다 덮음 같이 물이 바다 덮음같이 물이 바다 덮음같이

보리라 그 날에 주의 영광 가득한 세상

우리는 듣게 되리 온 세상 가득한 승리의 함성

아무도 없는 교회에서 혼자 반복해서 몇 번이고 열창을 한다.

그 외에도 자주 듣고 부르는 찬양으로는 '여호와 이레' '이제 내가 살아도' '주만 바라볼찌라' '똑바로 보고 싶어요'인데 시간만 나면 찬양을 한다.

하나님이 이 아이를 얼마나 사랑하시는지 직접 음성을 들려주시기도 하는데 하나님이 사랑스럽게 자기 이름을 부른다고 말한다.

내게 이렇게 예쁜 손자를 허락하신 하나님의 축복이 너무도 감사하다.

대한이가 하나님 안에서 믿음으로 잘 성장하기를 늘 기도하는 마음이다.

76. 엉뚱한 대한이

이모가 화장실에 있는데 같이 들어가서 이모한테 말을 붙인다.

궁금한 것도 참 많은 대한이다.

"이모, 세탁기에 왜 '손빨래'라고 쓰여 있어?"

"대한이가 '정대한'이라는 이름이 있듯이 세탁기 이름이 손빨래야."

"아, 그럼 이 세탁기는 손 씨야?"

77. 목사의 눈물

대한이가 그림을 그렸는데 물방울만 그려진 그림이었다.

"왜 물방울만 그렸어?"

"이건 이담에 목사가 되면 흘릴 눈물이에요."

"왜 목사는 꼭 눈물을 흘려야 하니?"

"성도를 위해 목사는 기도할 때 눈물을 흘려야 하잖아요."

대한이가 생각하는 목회자 상은 눈물로 기도하는 건가 보다.

세 살짜리 손자한테도 배울 게 있다더니 요즘은 때때로 손자에게서 한 수 가르침을 받는다.

78. 기도로 큰 아이

인터넷으로 신학서적을 주문하고 있는데 대한이가 집에 왔다.

한참 들여다보더니 내게 묻는다.

"할머니, 이 책 저도 읽을 수 있어요?"

"아니 이 책은 어른들이 보는 거란다."

"아, 그럼 목회자만 보는 거예요?"

알겠다는 듯 고개를 끄덕인다.

7살인데도 책을 보는 수준은 초등학교 고학년이나 중학생 수준이다.

특히 좋아하는 책 종류로는 과학 서적이나 공룡이 등장하는 책이다.

엄마에게 과학적으로 실생활에 쓸 수 있는 정보를 전해주기도 한다.

성경도 열심히 읽어서 성경속의 인물을 이야기하며 "저도 그런 믿음이 좋은 사람이 되고 싶어요." 한다.

하루는 TV를 보다가 노인처럼 혼자서 탄식을 한다.

사건 프로였는데 잔인하고 난폭한 강도 살인에 대한 소식이었다.

"저런 사람은 빨리 예수를 믿어 그리스도인이 되어야 하는데……. 빨리 예수를 믿어 그리스도인이 되어야 하는데……."

듣고 있자니 그 말투하며 탄식하듯 말하는 것이 얼마나 노인 같은지 우스워서 한참을 웃었다.

말을 할 때 많은 부분이 전도와 연결되어 있다.

또 친구와 사귐에 있어서는 무한정 양보를 한다. 때로는 그런 부분이 속이 상할 때가 많다. 누가 건드리고 괴롭혀도 맞기만 하고 되레 이해를 한다. 왜 맞고만 있냐고 하면 그때마다 그 상황에 맞는 이유가 있다.

"그 애가 높은데 서 있는데 내가 같이 때리면 떨어져서 다치게 되잖아요."

때리고 높은 데로 도망친 아이를 때릴 수 없는 이유를 그렇게 댄다.

어떤 애는 작아서 같이 못 때리겠다고 하고, 어떤 애는 여자라서 나는 남자니까 못 때린다고도 한다.

늘 남을 배려하다 보니 맞고만 다닌다.

덩치는 초등학교 3학년 정도인데 아주 작은 아이한테도 늘 참고 당하니 할머니로서 나는 속이 상한다. 나 역시 어쩔 수 없는 할머니인가 보다.

할 수 없이 기도만 하게 된다.

믿음이 좋아서 그래도 할머니가 기도할 때마다 큰 소리로 "아멘"으로 화답한다.

몸이 아프면 "할머니가 기도하면 하나님이 다 들어 주시잖아요." 하며 기도를 부탁한다.

기도를 좋아하고 찬양을 좋아하는 아이가 너무 예쁘다.

79. 대한이 동생 이한이

대한이에게 동생이 생겼다.

둘째가 태어났는데 딸이다.

태어나서 반년이 지나고부터는 울다가도 찬양을 틀면 울음을 그치고 찬양소리에 집중한다.

돌이 지나더니 예배 시간에 찬양할 때는 일어나서 몸을 좌우로 흔들거나 앞뒤로 흔들며 리듬을 탄다.

찬양을 부르던 성도들이 웃음으로 바라보며 귀여워하는데 특히 찬양에 예민하게 반응한다.

둘째 아이가 태어나고 이름을 지어야겠는데 여자아이라 요한이라 할 수도 없고 고심하다가 이한이라고 지었다.

첫째 대한이는 한국의 큰사람이라는 뜻으로 이름을 지었고, 이한이는 한국에 이로운 사람이라는 의미로 지었다.

대한이는 말이 예쁘고 남을 배려하는 성품이고, 이한이는 순하고 얌전하다.

두 아이가 있어 나의 노년이 행복하다.

나오미에게 룻이 안겨준 손자처럼 내게는 너무도 귀한 하나님의 선물이다.